Ton petit Moi

Cassandra Mosnier

Ce n'est pas la petite bête qui va manger un M.

Table des matières

Prologue	9
Chapitre 1 _ La torgnole.	11
Chapitre 2 _ La rencontre.	17
Chapitre 3 _ La petite bête.	29
Chapitre 4 _ Le parfum.	51
Chapitre 5 _ La piqûre de rappel.	59
Chapitre 6 _ Prends note.	75
Chapitre 7 _ Les choses qu'on ne s'est pas dites.	89
Chapitre 8 _ Le boomerang.	103
Chapitre 9 _ Sound of silence.	117
Chapitre 10 _ Papillon.	125
Chapitre 11 _ Léo.	129
Chapitre 12 _ La masse.	133
Chapitre 13 _ Mes amours.	145
Chapitre 14 _ Cinq cm.	149
Chapitre 15 _ Confinement.	153
Chapitre 16 _ Déconfinement.	161
Chapitre 17 _ Le monde invisible.	165
Chapitre 18 _ Évolution.	175
Chapitre 19 _ Libération.	183
Remerciements	193

Prologue

On ne commence jamais un livre par hasard.

Je ne commencerai pas non plus par « Il était une fois » car il n'existe pas qu'une fois dans une vie, il en existe des milliers. Des milliers de commencements et de recommencements, et ça, c'est important de le comprendre.

« Il était une fois » est la phrase type des contes de fées. La vie n'en est pas un. Alors je commencerai par un « Salut, c'est moi » et pour le reste on verra plus tard.

Salut, c'est moi. Un moi parmi tant d'autres, perdu quelque part dans un coin du monde. Nous sommes tous des petits Moi et c'est ce qui nous rend si différents, si uniques.

N'oublie jamais que tu es unique.

Il y a des Moi tristes, des Moi forts, des Moi capricieux, heureux, naïfs et tous les termes que tu voudras bien t'accorder. Ton Moi, ce sont les épreuves de la vie qui l'abîment ou le rendent meilleur. C'est une éponge qui absorbe le moindre petit mot, un simple geste, un regard, un sentiment. Qu'importe, il enregistre tout et ça finit par le transformer. Oui, ton petit Moi, c'est avant tout ce que tu es dans toute ton entièreté, avant même que la vie ne te touche. Il faut juste l'empêcher d'y mettre son bazar. C'est là que tout se complique. En laissant entrer des petits Moi dans ta vie, tu prends irrémédiablement le risque de transformer la tienne. Mais que serait la vie sans eux ? Ceci est le premier, finalement, peut-être même le seul, problème du petit Moi. Laisser entrer quelqu'un dans sa vie, c'est accepter de prendre le risque de le perdre. Bien souvent, ce n'est pas la première chose à laquelle nous pensons et heureusement. Ce serait tellement triste de dramatiser dès la première rencontre.

La moindre épreuve peut rendre ton petit Moi fragile. Fragile de colère, fragile de tristesse mais surtout fragile d'amour. Et c'est ce dont la plupart des petits Moi de ce monde souffrent le plus. Le mien en fait partie, je suis sûre que le tien aussi. Et c'est normal.

Ah, cette fameuse maladie d'amour ! De 7 à 77 ans, elle court toujours ! C'est bien là le sentiment le plus complexe au monde. Lorsqu'il est partagé, il devient la chose la plus importante et la plus précieuse de tout l'univers. Et, en général, il déprime davantage tous ceux qui n'ont pas encore eu l'occasion de le goûter. C'est un peu salaud dans l'idée.

Je ne sais pas pourquoi, les petits Moi du monde entier ont toujours eu comme idée de considérer le cœur comme habitacle de l'amour. On entend d'ailleurs souvent des expressions comme « J'ai mal au cœur », « Tu m'as brisé le cœur », « Tu m'as arraché le cœur à coups de hache » et, quand tu sors ce genre de phrase – même si je dois avouer que ça fait bien ringard –, c'est que vraiment l'autre t'a fait du mal. Je me demande comment c'est possible que, après tant de blessures et de cassures, il continue de battre à la même allure comme si rien ne s'était passé. Tu vois, lui, je crois qu'il arrive à gruger tout le monde.

Tes organes fonctionnent pourtant toujours, non ? Ce n'est absolument rien de ton corps que cela touche vraiment. C'est justement ça : ton petit Moi. Est-ce que tu saisis la nuance ?

Chapitre 1 _ La torgnole.

Je ne sais pas pour toi, mais, le mien, il a pris de sacrées torgnoles par la tronche. Genre même, il a carrément dû être amputé de ses ventricules, tu vois ? Plein de petits Moi se sont occupés de son cas. Je me demande, d'ailleurs, s'ils ont pris plaisir à le faire ? C'est vrai, ce serait quand même bête de saccager un cœur sans y prendre son pied, non ?

Bon d'accord, j'abuse un peu, il y en a qui essaient de s'en défaire le plus « sympathiquement » possible. Genre, ils te souhaitent de trouver « LE » petit Moi qui te correspond parce que, tu comprends, « ce n'est pas lui » mais tu es géniale et surtout tu n'as rien à changer, BLABLABLABLA, et, pour te finir comme il faut, ils te disent « Prends soin de toi ». Enregistre toujours cette phrase de la façon suivante : « Puisque tu n'as pas su faire, espèce d'incapable, moi, et moi seul(e), prendrai soin de moi – et, au moins, ce ne sera pas fait qu'à moitié ». La boucle est bouclée, BYE, rentre chez toi et ne reviens pas me faire chier – mais merci d'avoir essayé d'être gentil.

Oui, parce qu'il faut se le dire, la plupart du temps, on a affaire à des pros de la tangente. Tu sais, le genre de petit Moi qui préfère dire stop sans te donner de raison et qui meurt juste après. Tu le vois lui ? Et d'ailleurs, souvent, une fois que tu as enfin creusé sa tombe et que tu es prêt(e) à y enterrer tous les souvenirs, « Abracadabra ! » le revoilà – mais ça, c'est juste pour te faire une piqûre de rappel au cas où tu l'oublierais.

C'est marrant comme un petit Moi peut tartiner l'organe de l'amour avec du coton et le finir à coups de fourchette. Et j'en sais quelque chose. Ce petit Moi-là a cassé toutes les parties encore vivantes de mon corps et depuis, en tant que bon chef de chantier, j'essaie de reconstituer tout ce qu'il a détruit en moi.

J'ai souvent navigué entre l'espoir de le revoir et la déception de ne pas le voir arriver. Et c'est l'histoire du chat qui se mord la queue. C'est un mur et, moi, j'attends bêtement devant, assise sagement en attendant que les fissures se fassent. Au pied du mur comme on dit, à ses pieds, dans l'autre cas. Mon petit Moi sue de tristesse et je le maltraite comme s'il y était pour quelque chose dans tout ça.

C'est donc ça l'amour ? Le plus beau sentiment de la Terre ? Celui que tous les petits Moi du monde entier passent leur vie à chercher ? L'amour avec un grand A comme Abruti, Assassin, Arnacœur, à l'Aveuglette, À genoux, à l'Aide, À la destruction massive de ton cœur ? Ma maman m'a toujours dit que les grains de beauté étaient des centaines d'histoires éparpillées sur mon corps. J'en ai découvert de nouveaux depuis quelque temps. Ils doivent certainement parler de nous. Je ne suis pas sûre de les aimer, car l'histoire est triste, mais mon petit Moi s'efforce de les regarder en se disant que, un jour, il en oubliera jusqu'à ton existence.

Voilà à quoi se résume le danger du petit Moi : faire attention au plus beau sentiment universel de tous les temps. Et alors, tu peux être sûr(e) que c'est dans celui-là qu'il y traînera le plus de fois la patte – jusqu'à ce que l'amour la lui ampute aussi. Ne t'en fais pas, je compte bien y remettre la mienne un jour. Car s'il y a bien quelque chose sans laquelle nous sommes incapables de vivre, c'est fichtrement l'Amour.

D'abord, il faut apprendre à parler avec ton petit Moi. Tu sais, j'ai de grandes conversations avec le mien, on fait même beaucoup de débats. Tiens, un jour, je fumais ma clope sur ce qui pourrait être appelé « balcon » s'il ne faisait pas moins d'un mètre de longueur pour quarante-cinq centimètres de largeur. Bref, j'étais là avec ma tasse de café/miel licorne dans une main, ma cigarette dans l'autre, je regardais un peu dans le vide le paysage qui s'offrait à moi – un mur et la cour de mes voisins. Oui, je sais, il y a carrément mieux comme spectacle. Je t'ai dit, je regardais dans le vide, ce n'est pas pour rien.

Il faut savoir que je passais une sale période à ce moment-là et je pensais vraiment que je resterais coincée jusqu'à la fin de ma vie. C'est dans ces moments-là que mon petit Moi débarque dans ma tête et essaie de me secouer le haricot, un peu comme cette fois-là :

« Hé ! Sérieux, regarde-toi ! Tu ferais pitié à des gens bien plus malheureux que toi. C'est de ta faute s'il t'arrive tout ça, après tout, tu n'avais qu'à pas être aussi chiante avec lui, pas étonnant qu'il se soit barré, il en a eu marre de toi. »

Il tente de m'achever d'entrée. Je ne le laisserai pas faire.

« Je ne suis pas la seule fautive ! Faut vraiment que je m'enlève ces idées de la tête, ça suffit maintenant, arrête.

— Il avait trop de choses à supporter, ce pauvre garçon, ça a fini par les lui briser. Tu aurais dû y penser avant ; moi, perso, je n'aurais pas tenu autant de temps. »

L'enfoiré, il continue ! Et là, bien sûr, il te remémore tous les mauvais souvenirs, même ceux que tu pensais avoir oubliés, histoire de bien appuyer là où ça gratte.

« Je sais très bien que, un jour, j'en rigolerai, alors lâche-moi la grappe, tu veux.

— Ouais, mais, en attendant, tu ne fais que chialer au lieu de te sortir les doigts du cul. »

Bon OK, il a gagné pour cette fois. Tu connais la psychologie inversée ? Il fait ça souvent avec moi pour me remettre sur les rails. Il s'immisce dans mes pensées en m'accablant, en me donnant l'impression que tout est de ma faute afin que je sorte les griffes et que je combatte moi-même mes mauvaises pensées. Son but est de m'aider à tourner la flèche du côté positif et je dois avouer que ça fonctionne plutôt bien. Je ne t'explique même pas le nombre de fois où il a dû recommencer. PAF, une mauvaise pensée qui m'arrive en plein front et c'est parti, il faut assurer.

J'en ai passé du temps à converser sur ce balcon, les yeux dans le vide, ma tasse de café/miel licorne dans la main et un nombre incalculable de clopes qui feraient tousser une poignée de porte.

Sans blague, à des moments, j'aurais pu penser au voisin. J'espère qu'il est astigmate, myope ou presbyte ; s'il pouvait être les trois à la fois, ça m'arrangerait, faut voir comment je me présente au balcon des fois.

Bon, le principal dans tout ça, c'est que, à un moment donné, la conversation prend ce genre de tournure :

« Allez, tu es forte, tu le sais ! Ce n'est qu'une passade. Regarde comme il fait beau, tu as la santé, tu es en vie, te rends-tu compte de la chance que tu as ? Alors vis maintenant, et fais-le une bonne fois pour toutes ! Allez, allez, on se bouge ! Musique ! Dégage de ce faux balcon et va te refaire une beauté dans ta salle de bain. Sans blague, tu ressembles à une mouette qui s'est pris le mât d'un bateau dans le bec ! File, je te dis ! Les voisins vont finir par croire que l'Atlantique est tout proche. »

À ce moment-là, en général, c'est qu'on est en osmose tous les deux et ça me permet de croire un peu en moi pour la journée.

Bon d'accord, ça ne dure qu'un temps parce qu'après rebelote mon cerveau déraille. Ce n'est pas miraculeux non plus. Mais il faut apprendre, retenir, persévérer et tu verras que, petit à petit, ça commence à fonctionner.

Quand il m'arrive d'avoir le moral d'une huître qui sait qu'elle va être bouffée – vivante en plus –, mon petit Moi sort les maracas pour me raisonner. Il fait toujours en sorte de me balancer des petites pensées positives, genre un visage familier, les paroles d'une chanson que j'affectionne, la vue d'un plat de tomates farcies avec du riz. Toutes ces choses qui me font dire que la vie n'est pas laide.

En fait, ce qu'il faut comprendre, c'est que, ton petit Moi, il est balaise, c'est un fifou dans sa tête. Il faut lui faire confiance. Lui, il aura toujours en réserve assez d'insuline pour faire repartir le train de ta vie. Une fois que tu auras compris qu'il est vraiment là, en toi, qu'il existe jusqu'au fin fond de tes entrailles, tu sauras que tu n'es jamais seul(e).

Chapitre 2 _ La rencontre.

Un jour, j'en ai eu un peu marre de fulminer sur mon balcon. J'ai fermé la porte-fenêtre, j'ai pris ma veste, mis mes baskets, et je suis sortie. Je ne savais pas trop où aller, mais je savais que, à ce moment-là, il fallait que je parte. Mon balcon avait absorbé trop d'énergies négatives et je n'arrivais plus à reprendre les commandes. Mon petit Moi m'a fait comprendre que si je ne mettais pas mon bec dehors maintenant, j'allais passer ma journée à compter les mouchoirs. Tu te doutes bien que j'ai préféré me barrer d'ici. Sans trop réfléchir, me voilà dehors. Il faisait gris ce jour-là, on se serait cru dans un de ces vieux films en noir et blanc sauf que je broyais plus du noir que du blanc. Une fois dehors, je me suis intimement convaincue d'aller à droite ; il fallait que je marche, que je souffle un bon coup. Je suis passée par des chemins dont je ne connaissais même pas l'existence. J'avais l'impression de tourner en rond, c'était l'horreur. À un moment donné, j'ai même cru qu'il y avait des mecs de chantier qui s'amusaient avec mes nerfs en créant des bouts de chemin qui ne menaient nulle part, juste pour se foutre de ma gueule en me voyant les emprunter. Même si je les ai inventés, ces mecs-là, je te jure que j'avais envie de les castagner, les salauds.

Au bout d'environ une heure de galère, j'ai fini par atterrir dans un petit bled du nom de Chas. Il n'y avait pas grand-chose à voir, mis à part cette petite vitrine de magasin, ou de bar, qui se trouvait en haut de la grande rue principale et qui a attisé ma curiosité. La vitrine était remplie de petits nuages en carton blanc et bleu ciel avec une seule et même inscription dessus : « Chut ! Écoute-toi ». Alors, par curiosité, je me suis approchée, j'ai collé mes mains sur la vitre et j'ai glissé mon visage entre celles-ci pour essayer de voir ce qui se trouvait à l'intérieur. Mais la condensation m'empêchait de voir plus loin que les nuages. Je me suis reculée et j'ai regardé l'enseigne, cet endroit s'appelait « Mon petit moi m'a dit ». Je n'ai pas hésité, j'ai passé la porte.

Je m'attendais à entendre le fameux son de cloche qui prévient de mon arrivée, mais aucun bruit n'a pu alerter le propriétaire que je me trouvais là. Il n'y avait personne.

Cet endroit paraissait si vide de vie que j'ai pensé qu'il était certainement abandonné. Il y avait une dizaine de petites tables en bois brut éloignées les unes des autres et ce qui m'a le plus étonnée, c'est qu'il n'y avait qu'une seule chaise par table. Du plafond pendaient d'innombrables nuages de toutes tailles avec toujours cette phrase inscrite dessus : « Chut ! Écoute-toi ». Les murs, eux, étaient recouverts d'immenses miroirs allant du sol au plafond, collés les uns aux autres, ce qui donnait à la pièce un volume surdimensionné. J'ai pensé, pendant deux secondes, à faire la même chose sur mon balcon. Puis, les deux secondes d'après, je me suis demandé pourquoi je pouvais être aussi conne des fois.

Après avoir analysé les lieux, j'ai quand même demandé si quelqu'un était là, mais personne ne m'a répondu. J'ai préféré sortir l'air de rien et revenir un autre jour quand il y aurait quelqu'un. En ressortant, je me suis sentie observée par les passants, comme si j'avais fait quelque chose de pas très clair, tu vois. En même temps, faut dire que l'endroit n'était pas net, c'est vrai. Alors, bêtement, j'ai fait ma tête de coupable. Le stress m'a toujours fait faire des trucs nuls. En face du trottoir, il y avait un bar ; là, au moins, je n'avais pas besoin de coller mon pif à la vitre pour savoir qu'ils servaient du café. Je commençais franchement à me cailler les pralines et mes seins jouaient des castagnettes, alors une bonne boisson chaude n'était pas de refus.

Arrivée à l'intérieur, j'allais pour m'installer quand un des serveurs est venu m'aborder pour me proposer de m'asseoir plutôt à la table « là-bas vers la petite lampe ». Je n'allais pas lui dire non, il avait l'air d'y tenir. Alors, bien sûr, dans ma tête, je commençais à me faire tout un tas de films – ce mec me drague – il obtient une prime quand le client s'assied à cette table – il fait des paris avec les autres serveurs – ce mec me drague – c'est sûr ce mec me drague – il me drague. Bon ! Stop ! Arrête maintenant, assieds-toi et commande. Je pensais à tout ça juste le temps d'arriver à la table à côté de la lampe. J'ai honte, mon cerveau est trop bavard.

J'ai commandé un café allongé avec un verre d'eau, comme font les Parisiens – enfin ce sont les « on-dit ». D'ailleurs, je ne t'ai pas dit, l'histoire se passe en Auvergne. J'aime bien me situer dans les livres alors, si tu es comme moi, voilà une petite parenthèse qui pourrait t'intéresser. P-S : si t'es jamais venu en Auvergne et que les vaches ne te font pas peur, viens, c'est cool ici – ah, ces « on-dit ».

Je commençais à m'intéresser à l'architecture atypique du lieu lorsque mes yeux se sont dirigés du côté de la vitre. Je me suis alors rendu compte que, de la table où le serveur m'avait installé, je voyais très nettement l'intérieur de « Mon petit moi m'a dit ». La vitrine paraissait très lumineuse et les nuages semblaient danser dans les airs, tel un spectacle de funambule, mais qu'elle n'a pas été ma surprise lorsque j'ai fini par remarquer que la salle était remplie de monde. Je ne comprenais pas, j'étais là-bas il y avait à peine 5 minutes et il n'y avait personne et voilà qu'il m'avait suffi de traverser la route pour que tout ce beau monde arrive.

« Tenez, votre café. »

J'ai à peine eu le temps de le remercier qu'il avait déjà tourné les talons. Je retournais la tête en direction de la vitrine et commençais à me parler en moi-même : « J'ai dû passer à côté d'une affiche qui indique les heures d'ouverture ou alors peut-être que c'est une salle réservée à des regroupements de personnes. Dans tous les cas, il y a un truc que je n'ai pas suivi ou carrément loupé. C'est dingue ! J'ai l'impression que la salle est remplie. » J'ai fini par demander au serveur quelques renseignements sur cet endroit, après tout il devait bien connaître.

« Excusez-moi, Monsieur, pourriez-vous me dire quel est cet endroit en face ? lui ai-je demandé.

— À vrai dire, je n'en sais trop rien, Mademoiselle, cet endroit a ouvert il y a très peu de temps et je n'y ai toujours pas mis les pieds, m'a-t-il répondu d'un air un peu gêné.

— Ah oui, c'est nouveau ? C'est marrant, j'ai justement trouvé la décoration très vieillotte. Vous n'êtes donc pas quelqu'un de curieux ?

— Ah ! Dans ce cas, j'imagine que le patron a préféré garder le lieu tel quel. Vous savez, la curiosité m'a souvent joué quelques mauvais tours, alors je m'abstiens maintenant, m'a-t-il répondu cette fois plus décontracté.

— Je comprends, j'imagine que vous faites bien alors », lui ai-je dit.

Le serveur était retourné à ses occupations et, moi, je restais là, perplexe, je fixais cette enseigne qui vraiment me faisait de l'œil, c'était plus fort que moi. J'ai fini par me lever, régler ma note et je m'entends dire au serveur : « Je vais déclencher ma curiosité et, si vous voulez bien, je viendrai vous raconter. »

Sans attendre sa réponse, je franchissais la porte du bar. Me voilà prête à traverser la rue qui me séparait de « Mon petit moi m'a dit ». Une fois de plus, je me retrouvais à ne marcher que sur les bandes blanches du passage piéton au cas où un crocodile voudrait me manger les pieds. Une fois devant, j'hésitais à entrer. C'est souvent comme ça les coups de tête, tu pars d'un pas déterminé et tu finis avec de l'appréhension. Et si c'était une réunion à laquelle il fallait être conviée ? Pensant en moi-même : « Merde, je crois que le serveur me regarde de sa vitrine. J'aurais l'air bête si je rebroussais chemin maintenant ». La fierté me pousse souvent à faire des choses idiotes. Je poussai la porte et, cette fois, voilà qu'une petite cloche alertait de mon arrivée. Je crois que j'ai rougi, moi qui pensais être discrète, c'était carrément loupé. « Plus de demi-tour possible, j'y suis, j'y reste. » Je m'apprêtais à lancer un petit « bonjour » quand mon sang n'a fait qu'un tour en m'apercevant qu'il n'y avait plus personne. Là, je te jure, j'ai vraiment eu l'impression qu'on me faisait une mauvaise blague. Ou c'est moi qui hallucinais complètement et il fallait que j'aille vite trouver l'asile le plus proche, ou autre possibilité, il y avait une salle cachée derrière une porte et tout le monde se trouvait à l'intérieur. OK, il n'y avait pas de porte. Là, je me sentais mal. L'endroit était tel que je l'avais laissé quarante-cinq minutes plus tôt. J'ai réfléchi quelques instants et, finalement, j'ai décidé d'aller m'asseoir à une table. Qui sait, peut-être que quelqu'un serait sorti de sa cachette.

Me voilà assise à cette table devant mon propre reflet. C'était marrant, je n'avais jamais fait attention à cette tache de rousseur sur le côté de mon nez. Je me sentais plutôt bien ici, j'avais la tête dans les nuages au sens propre c'est sûr, mais peut-être aussi au sens figuré.

J'avais l'impression que l'Amour m'enveloppait. D'un côté, ça me faisait du bien et, d'un autre, cela me chamboulait un peu. La dernière fois que j'avais ressenti de l'Amour… j'avais eu mal. J'appréhende ce sentiment. Je ne sais plus comment l'accueillir. Il m'intimide, m'attire et me repousse, me révulse même. C'est la pire chose qui soit quand il te laisse. Il fait partie de mes plus grandes peurs à présent et ça me brise de l'intérieur.

Tu sais, j'étais une amoureuse inconditionnelle de l'Amour, à penser que ce sentiment était nettement le plus beau de l'univers. Je me serais droguée à ça, des piquouses d'Amour dans tout le corps pour pouvoir le partager autour de moi. Puis, un jour, la condition m'a fait coucou, elle s'est postée devant moi en me disant d'aller me faire foutre. Elle m'a mis une claque dans la tronche en partant et c'est mon cœur qui s'est cogné.

C'est tellement moche de s'arrêter à ça, je sais. Mais ce sentiment d'Amour qui m'enveloppait là, il était différent de celui que j'ai connu. Il n'était pas dans l'excès, lui. Il m'apaisait, me rassurait, je l'entendais presque me souffler que je pouvais lui faire confiance. Il me donnait envie de croire en lui. Il s'éparpillait dans mon ventre, me chatouillait gentiment les boyaux et je sentais tout mon être se détendre.

Ça faisait tellement longtemps que je ne m'étais pas sentie si apaisée. J'avais presque l'impression d'être heureuse, j'en venais même à me poser la question si je savais ce que c'était que de l'être. Le sais-tu, toi ? À quel moment pouvons-nous être sûrs d'être heureux finalement ? C'est vrai, on met ce mot à toutes les sauces sans vraiment connaître le véritable sens lorsqu'il est là. Une autre pensée me traversait l'esprit, voilà que je me demandais à quoi pouvait ressembler la sensation de bien-être dans le ventre de la maman. Peut-être qu'elle était comparable à ce que j'étais en train de vivre ? Se sentir en sécurité, sans savoir où l'on se trouve, et ressentir de l'Amour sans savoir d'où il vient. Désolée, je pars un peu loin, je ne sais pas d'où me viennent toutes ces questions. Je regardais un peu partout en attendant un signe de vie, mais il n'y avait toujours personne à l'horizon. La condensation ne quittait jamais cette vitrine, ça donne cet effet de buée qui se colle aux vitres en hiver lorsqu'il y a beaucoup de monde dans une même pièce et que dehors il fait froid. Sauf que j'étais seule, définitivement seule, mais, bon sang, que c'était agréable.

Je ne saurais te dire combien de temps je suis restée assise à attendre je ne sais qui, mais je sais seulement que si mon téléphone n'avait pas vibré pour m'indiquer que j'avais reçu un message de ma maman me proposant de venir goûter sa nouvelle recette de fondant choco/bueno, je serais restée jusqu'à ce que la nuit daigne se lever. La sensation de vibration sur ma hanche m'a littéralement ramenée à la réalité.

Maman, je t'aime fort, mais j'ai détesté mon téléphone à ce moment-là. La vibration qui te dit que c'est l'heure de partir, que tu as une vie à assumer à côté de ça. Qu'il faut que tu sortes de cet endroit maintenant et que tu affrontes toute la négativité qui peut croiser ton chemin dehors. Eh oui, ma grande : assez rêvé, maintenant vis !

Je lui ai répondu que je serais là d'ici 1 heure 30, que j'avais deux ou trois courses à faire avant et que, pour rien au monde, je louperais l'occasion de manger un gâteau préparé par ses soins.

Je n'allais pas l'inquiéter en lui disant que sa fille allait mal, que son petit Moi lui disait de foutre le camp et que, après 1 heure à errer de-ci de-là, elle s'était retrouvée dans un endroit qui n'était ni une bibliothèque ni un bar et peut-être même qu'il n'était répertorié nulle part. Qu'elle venait de passer les deux dernières heures assise à une table, seule dans une pièce totalement vide, à ressentir un bien-être formidable sans trop savoir comment ni pourquoi.

Pourtant, je sais que je peux tout lui dire à ma Maman, mais je sais aussi qu'elle voudrait prendre tous mes soucis pour les porter à ma place. Et ça, tu vois, c'est inconcevable. Je suis vraiment consciente qu'elle serait capable de soulever des montagnes pour ses enfants. Elle l'a d'ailleurs prouvé à maintes reprises. Mais, là, c'était une montagne que je devais gravir seule. Tu sais, j'ai énormément d'admiration et de reconnaissance pour elle. Je connais ma chance d'être sortie de son ventre à elle et d'avoir été élevée à sa façon. Elle est très ouverte d'esprit, c'est le genre de Maman qui ne veut pas mourir sans avoir su. Je l'admire, car elle a toujours su tout gérer toute seule d'une main de fer. Sa vie a été un vrai challenge et elle n'a jamais baissé les bras. Elle a fait tout ça pour nous, ses enfants. Et c'est justement pour cette raison, qui pourrait lui faire un mal de chien, que je préfère garder mes bobos pour moi. S'il y a bien une chose qui peut la rendre triste, c'est de savoir ses enfants malheureux.

Je sortais de là l'esprit un peu chamboulé par ce qui venait de se produire, mais je n'avais pas trop le temps de réfléchir car, mine de rien, j'avais 1 heure de marche qui m'attendait et, dans 1 heure 30, j'étais censée m'extasier devant un fondant choco/bueno. En pensant : « Pourvu que les mecs de chantier soient à l'apéro ! Ça me permettra de rebrousser chemin sans entrave. »

Cela devait bien faire vingt minutes que je marchais quand j'ai repensé au serveur du bar. J'avais complètement oublié de retourner le voir pour lui faire part de ma découverte. Quelle tache ! J'espérais qu'il n'attendait pas derrière sa vitrine, le moment où je sortirais parce qu'il avait dû trouver le temps long.

« J'avais raison de penser que ce fondant serait une merveille, ai-je dit à ma maman.

— C'est vrai, il te plaît ? Parce que tu me connais, je n'ai encore pas suivi la recette... J'ai remplacé le chocolat par du cacao, m'a-t-elle dit assez fière de savoir que son gâteau était réussi.

— Ah ouais ? Ben, dis donc, on ne dirait pas ! Je vais en prendre un autre bout pour la peine.

— Bon, et sinon ça va, toi ? Tu m'as l'air fatiguée... m'a-t-elle demandé.

— Oui, ça va, c'est la fatigue de la semaine, les loulous étaient bien énervés. Et vous, alors, avez-vous prévu de partir un peu avec le camping-car ? ai-je feinté comme je pouvais.

— Oui, j'imagine qu'ils ne sont pas faciles... Mais tu es sûre que ce n'est que le boulot ? Oui, on a prévu de partir quelques jours en Dordogne, mais on attend qu'il fasse meilleur, tu sais bien... »

Là, je reconnaissais ma maman. Que je t'explique, voilà une des choses que je préfère dans son mode d'éducation. Elle commence par lancer la petite alarme qui veut dire « je vois », « tu as l'air fatiguée ». Là, elle ouvre la première chance, c'est-à-dire « je vois que tu es fatiguée, qu'est-ce qu'il t'arrive ? Est-ce que tu veux en parler ? ». Ensuite, elle fait sonner la deuxième alarme : « je sais », « tu es sûre que ce n'est que le travail ? ». Là, à ce moment précis, c'est à prendre ou à laisser : « je sais que tu vas mal, si tu veux m'en parler, c'est maintenant ».

« Oui, c'est le boulot qui me fatigue, ne t'en fais pas, je vais bien. D'ici 3 ou 4 jours, ils annoncent que du soleil, ce serait l'occasion.

— Bon alors si tout va bien... c'est parfait ! Deux bonnes nouvelles en une phrase, si ce n'est pas merveilleux ! »

L'alarme de la dernière chance : « tu mens et je le sais ». Celle-ci, c'est l'ironie pure et dure qu'elle utilise pour me faire comprendre qu'elle n'est pas bête, qu'elle me connaît suffisamment pour savoir quand je lui mens mais que « d'accord, je te laisse tranquille, tu sais que je sais alors quand tu en auras envie ou besoin, je serai là ».

Cette technique, elle l'utilisait également lorsqu'on faisait une bêtise. Par exemple, quand j'avais 18 ans, elle avait retrouvé un paquet de clopes dans mes poches. J'étais rentrée du lycée, elle travaillait du soir ou de nuit, je ne me souviens plus. Avant de partir au travail, elle avait posé le paquet de cigarettes sur le bar. Lorsque j'étais rentrée, j'étais tombée nez à nez avec mon paquet de clopes. Il m'attendait là, tranquillement, disposé debout, histoire que je ne le loupe pas. À ce moment-là, je me souviens avoir eu un instant de bug total. Ensuite, j'avais passé ma soirée à me poser toutes les questions du monde sur « comment me sortir de cette affaire ». Puis, j'étais allée me coucher. Le paquet de cigarettes était resté une semaine posé sur le bar à attendre que le procès ait lieu. Puis, au bout d'un moment, après avoir passé une semaine entière à me ronger les sangs et à demander conseil à mes potes sur « comment me sortir de ce pétrin », j'avais pris le paquet, j'étais allée voir ma maman et je lui avais demandé si je pouvais le récupérer. « Ce n'est pas trop tôt », voilà la phrase à laquelle j'avais eu le droit. Puis, ensuite, nous avions eu une grande conversation ensemble concernant les dangers de la cigarette avec preuves à l'appui. Cette façon de faire ne ressemble qu'à elle. Montrer qu'elle est au courant, mais attendre que l'autre assume. J'adore.

Une fois rentrée chez moi, je prenais conscience qu'il s'était réellement passé quelque chose de particulier, de si étrange que je ne saurais mettre de vrais mots dessus. Ma première réaction a été de prendre mon téléphone, d'aller sur internet et de taper le nom de l'enseigne « Mon petit moi m'a dit », correction automatique déclenchée illico : essayez avec l'orthographe « Mon petit doigt m'a dit ». Je rajoutais « Chas », le nom de la ville, à la barre de recherche mais internet me prenait encore pour un manchot du clavier et me corrigeait par « chat ». Bon, je crois que je peux m'amuser encore longtemps à jouer à cache-cache avec le moteur de recherche. J'ai laissé tomber. De toute façon, je n'avais rien de plus à ajouter. J'irais trouver les pages jaunes chez ma maman le lendemain, tu comprends, je crois qu'on est tous un peu pareils de ce côté-là. J'ai un numéro de téléphone fixe que je ne connais toujours pas, qui m'a été attribué quand j'ai pris mon abonnement à ma box internet et qui ne me sert à rien parce que je n'ai jamais pris la peine d'acheter le téléphone qui va avec. J'ai déjà un portable, c'est assez envahissant, alors tu penses bien que les pages jaunes n'ont jamais franchi la porte de chez moi. Mais merci Maman d'avoir gardé un pied dans le passé.

Malheureusement, nous sommes déjà lundi, je n'ai pas vu le week-end passer. Le réveil est un peu compliqué, j'ai passé ma nuit à me réveiller toutes les deux heures, l'horreur ! Maintenant, je suis claquée et il faut pourtant assurer pour la journée. J'ai plein de petits courts sur pattes qui m'attendent pour jouer à la dînette et chanter des comptines. Leurs petits Moi sont les seuls à réussir à donner du *peps* au mien. Ils sont tellement innocents, pleins de vie, si naturels encore. Leurs petits Moi commencent juste à être touchés par la vie, si bien que, très souvent, mon petit Moi prend exemple et redevient un peu gamin le temps de quelques heures. Je me retrouve bien souvent à chanter *Une souris verte* à tue-tête en dansant la *Macarena*. C'est dans ces moments-là que je me dis que, si je ne trouve pas de mec, ce n'est peut-être pas pour rien.

La journée aurait été plutôt sympa si le petit Thomas n'avait pas vomi sur mes toutes nouvelles Nike blanches, achetées en solde trois semaines plus tôt. Les quenelles de la cantine ne sont pas passées. Ceci dit, je comprends, j'avoue avoir eu du mal à les digérer aussi.

Après le boulot, je me rends chez ma petite Maman, il faut que j'arrive à choper les pages jaunes sans qu'elle ne s'en aperçoive. Elle trouverait ça trop louche que je fouine dans ce genre de bouquin et me poserait toutes les questions du monde. Je profite de son passage express à la boîte aux lettres, au bout de la rue, pour courir vers le buffet, sortir le bouquin et chercher, de je ne sais quelle façon, le lieu et le numéro de téléphone qui s'y rattache. Tu penses bien que je n'ai rien trouvé, j'ai essayé de chercher à « restaurant et brasserie », mais, tu parles, c'est comme chercher un pou dans le cul d'un singe.

Bon, je crois qu'il ne me reste qu'une solution : il faut que j'y retourne.

Vendredi soir, bilan de la semaine : une demi-douzaine de crottes de nez retrouvées sous les tables de la garderie – on a failli lancer un avis de recherche en milieu de semaine, mais ouf ! Elles sont toutes là. Entre nous, je n'ai pas regardé sous les chaises, ce sera la surprise pour la semaine prochaine. Trois cacas et demi dans la culotte, fausse alerte pour une, ce n'était que des traces de pneu. Un rendez-vous chez l'ostéopathe qui m'a valu des courbatures dans tout le corps pendant deux jours et qui m'a également permis une nouvelle excuse pour ne pas me rendre à la salle de sport. Trois sorties dans la semaine dont une pause bière bien méritée. Deux pipis et deux gastros dont une qui a atterri sur mes baskets – non, ce n'était donc pas la faute des quenelles. J'ai compté, c'est trois jours d'incubation, ça fait quatre et je n'ai toujours aucun symptôme, je suis sauvée ! Plutôt sympa comme bilan, mais ce n'est pas le pire qu'on ait fait.

Chapitre 3 _ La petite bête.

Samedi. Il est 9h30 quand mes yeux s'ouvrent. Je me réveille tranquillement en pilou pilou, je déjeune, le chignon en vrac. Un petit rayon de soleil perce mon rideau et me réchauffe le visage. C'est si bon de le sentir agir sur ma peau. Je finis mon petit-déjeuner et je file me préparer, je n'ai pas de temps à perdre, il faut que je me rende à « Mon petit moi m'a dit ». J'ai attendu ça toute la semaine. Cette fois, je prends ma voiture et si je croise un mec de chantier, je le percute.

Il est pratiquement midi quand j'arrive à Chas, je trouve une petite place en bas de la grande rue, j'avoue avoir tourné un long moment pour en trouver une plus près parce que je suis une grosse flemmarde, mais que nenni. Tant pis, je vais traîner mes fesses, je suppose que ça ne leur fera pas de mal. Faut dire que je ne suis pas une grande sportive. Chaque fois que je commence un sport, j'arrive très naturellement à trouver de bonnes excuses pour éviter quelques séances. Je suis plus du genre à porter le jogging pour le style que pour l'effort.

Je ne sais pas si tu es déjà allé(e) à Thiers mais si tu connais, tu comprendras pourquoi, arrivée en haut de la rue, je suis déjà essoufflée.

C'est fou, on dirait que la condensation ne quitte jamais cette vitrine. Je pousse la porte, la cloche sonne. Je reste silencieuse un moment, j'examine la pièce, encore une fois vide. Franchement, ça commence à devenir glauque, cette affaire, mais, je dois l'avouer, j'ai toujours eu un penchant pour les trucs qui sortent de l'ordinaire. C'est d'ailleurs comme ça que je me retrouve quelquefois dans des conférences un peu farfelues, qui traitent du thème des esprits de la forêt et qui racontent comment procéder pour apercevoir les fées, gnomes et nains un peu biscornus quand tu te balades « dans les profondeurs de la nature ».

Je m'installe à la même table que la dernière fois, je ne sais pas vraiment ce que j'attends, mais bizarrement je suis sûre que ce n'est pas une perte de temps. J'ai la sensation que cet endroit m'attendait et que j'ai quelque chose à apprendre ici.

Mes yeux se figent sur le reflet que je renvoie dans cet immense miroir. Je me scrute, du haut de mon front, en dessinant les plis avec mon doigt, jusqu'au menton que j'ai toujours trouvé trop long. Puis je fixe mon regard, mes yeux, leur couleur vert marron clair qui vire dans des nuances de jaune lorsqu'il fait beau. Leur forme d'amande qu'ils ont prise de ma maman. Puis, enfin, l'eau qui les noie depuis une minute. Je sens comme un gros poids sur mon corps, quelque chose de tellement lourd et conséquent que je comprends pourquoi mes yeux sont mouillés. C'est le poids de l'abandon qui vient de me tomber dessus. Celui-là, je le connais bien. Il m'a embarquée dans sa tourmente, il y a de cela un an, jamais il n'avait autant impacté ma vie. Sa violence, il me l'a balancée un mois d'octobre. Il a voulu me mettre la tête sous l'eau pour que je voie ce que ça fait vraiment d'être malheureuse. Il a réussi, mais il ne m'a pas encore noyée, je suffoque seulement. C'est presque un réconfort, parce que la dépression me fait des sourires et, moi, je lui tire la gueule. Je n'irai jamais vers toi, connasse !

Je vois défiler des dizaines d'images que je connais déjà par cœur. Elles n'ont pas le droit de m'envahir de la sorte, je les ai toujours repoussées pour éviter qu'elles ne me fassent mal et voilà que maintenant elles se pavanent dans ma tête en boucle et que rien ne peut m'aider à les faire disparaître. Ces images, ce sont les dernières qu'il me reste de mon Papa. Des images d'un corps inerte qui ne bougera plus jamais. Elles renvoient à ce jour où je suis arrivée trop tard. Ce jour, où les minutes étaient en fait des secondes accélérées et que quoi que je fasse ce jour-là, je serais quand même arrivée trop tard. Le mal était déjà fait, la mort déjà passée.

Qui a abandonné l'autre, dis-moi ?

Je n'ai le droit qu'à la mort quand je pense à lui. Au mot « mort » que je rechigne tellement de fois par jour. Il me fait si peur ce mot, il est noir, si macabre. Je le hais autant que ce maudit cancer. Ce mot-là aussi... J'ai pourtant, plusieurs fois, essayé de lui donner une consonance de dessin animé afin de le rendre plus supportable. « Cancéramix » est celui que j'ai retenu. Puis, un jour, j'ai compris que la potion magique qu'il ingurgitait depuis un an n'était en fait qu'une rallonge de temps à sa vie et non plus une nécessité pour la sauver, parce que c'était trop tard. Mais, ça, il n'y avait que lui qui le savait et il aura gardé ce secret jusqu'à la fin. Jusqu'à ce que le médecin me le balance en pleine tête, en même temps qu'il m'annonçait son décès, « généralisé » voilà ! La bombe était lancée. Elle a explosé dans chaque mot qui sortait de sa bouche et paralysé les mouvements de la mienne. Seules les gouttes de pluie se déversaient sur mes joues. J'ai rangé « Cancéramix » au placard. Plus rien dans cette vie n'est digne d'un dessin animé.

Voilà le plus gros coup de poignard que j'ai reçu dans mon habitacle de l'Amour. Ce cœur, celui-là même qui s'épuise chaque jour à envoyer 80 battements par minute pour faire circuler ton sang à ton cerveau, lui, il a pris la plus grande torgnole de sa vie et depuis c'est mon petit Moi qui en chie.

Je comprends qu'il faut que je lâche prise, que je dois regarder la vérité en face, qu'il faut que je la prenne une bonne fois pour toutes dans la gueule, mais j'ai tellement l'impression que ça va me briser les os, que je n'arriverai pas à supporter ça une fois de plus. Je sais qu'il est parti et qu'il ne reviendra plus jamais me pincer le nez, me bisouner le front, me frotter tendrement le dessus de la tête avec sa main de Papa. Je le sais, parce que cela fait déjà plus d'un an que j'essaie de m'habituer à son absence, mais il est vrai que cela ne m'empêche pas de penser que, peut-être, un jour, il se pointera devant ma porte en me disant : « Coucou ma fille, je suis là. La mort n'est qu'une mascarade, ne t'en fais pas, on ne meurt jamais vraiment. Viens dans mes bras. Je t'aime. »

Les images ne me quittent pas. Elles sont ancrées dans ma mémoire. Je le vois, immobile, sur ce lit d'hôpital. Un jour avant et je le voyais encore vivant, mais j'avais choisi de venir le jeudi en fin de soirée juste après ma formation. Je m'étais mise d'accord avec moi-même pour le voir le 19 octobre. Et puis, c'est ce qui est arrivé. Je l'ai vu, ce jeudi 19 octobre 2017, à 8h30 du matin. Mort. Au lieu de 18h30 le soir, vivant, comme je me l'étais forcément imaginée. Finalement, on était d'accord tous les deux sur la date. On ne s'est juste pas tenu au courant pour l'heure et pour l'état. Résultat, mes espérances ont été plus que bafouées et la seule chose qui reste, ce sont ces images d'un Papa mort dans son pauvre lit d'hôpital.

Je m'entends crier :

« J'ai déjà tout vu pour de vrai, pourquoi vouloir me faire revivre tout cela ?!

— Parce que tu es maintenant capable de vivre avec. »

Je relève ma tête en silence, mes yeux sont tellement noyés que je ne distingue rien à moins de 2 centimètres. Je n'ose plus bouger, plus parler, plus pleurer. Je n'ai pas rêvé, quelqu'un m'a répondu. J'essuie mes yeux avec mes manches, je vois encore tout flou, il faut un peu de temps à ma vue pour qu'elle s'améliore. Une fois celle-ci complètement retrouvée, je regarde, hésitante, autour de moi. D'abord en ne bougeant que les yeux, puis une fois que je reprends un peu confiance en moi, je finis par faire pivoter tout mon corps. Ça paraît facile dit comme ça, mais, en réalité, j'ai bien mis 10 minutes avant de me retourner complètement. Il n'y a absolument personne. L'endroit est aussi vide qu'à mon arrivée. Je ne suis pas folle, il y a bien quelqu'un qui m'a répondu : « Qui est là ? ». D'un côté, j'ai envie qu'on me réponde et, d'un autre, je crois que si j'entends de nouveau une voix sans voir qui que ce soit, ça va me faire encore plus flipper. Je suis une grande trouillarde moi et je me fais vite tout un tas de films dignes des plus grands d'horreur. Je n'obtiens aucune réponse, je ne sais pas si je dois être soulagée pour le coup. Je reste assise encore de longues minutes, je regarde ce miroir qui reflète tant de tristesse et de non-dits. Comment ai-je pu en arriver là ? Bouleversée par ce qui vient de se passer, je sors de là, la tête toute retournée. Je ne peux pas conduire tout de suite, j'en suis incapable. Je me rends au bar d'en face, j'ai besoin d'un remontant, j'entre, je salue le personnel et, tel un automate, je me dirige vers la table près de la lampe. Je m'installe en ne songeant même pas à regarder du côté de la vitre. Je réfléchis à ce dont j'ai le plus besoin. Un grand verre de vodka pure, trois 8.6, un whisky sans glaçon, avec des glaçons, juste des glaçons ? Oui, un seau rempli de glaçons juste pour y mettre ma tête dedans. Je n'ai pas le temps de réfléchir bien longtemps que le serveur est déjà prêt à prendre ma commande, calepin en main. Il me prend de court et je suis tellement à fleur de peau que j'ai envie de chialer juste parce qu'il est arrivé trop tôt. J'avais au moins besoin d'un moment avec moi-même pour choisir réellement ce qui me ferait le plus plaisir, parce que, jusque-là, je n'ai pas eu le choix de grand-chose depuis ce matin. Alors, merde. Je voulais prendre mon temps pour choisir ce qu'il y avait de plus agressif pour mon corps.

« Un whisky, s'il vous plaît.

— Je vous apporte cela tout de suite, Mademoiselle, mais, avant, pourquoi n'iriez-vous pas vous installer à la table près du radiateur ? Avec le froid qu'il fait près de cette vitre, vous y serez certainement mieux », reprend-il.

Pour le coup, j'ai envie de lui demander quel est son problème à toujours vouloir choisir à ma place l'endroit où je dois m'asseoir. Mais si j'ouvre la bouche, il va en sortir tout un tas de merdes, alors je préfère tout garder pour moi, quitte à aller aux toilettes plus tôt que prévu. Je regarde son doigt qui m'indique la table près du radiateur et je m'y dirige d'un pas nonchalant. Je suis à peine assise que le voilà déjà qui dépose mon verre sur la table. En gros, ce mec ne veut pas me laisser respirer deux minutes, ou c'est moi qui suis trop lente ou lui trop rapide, mais, ce qui est sûr, c'est qu'on n'arrive pas à s'accorder et que ça commence à me gonfler un peu.

« Je me suis permis de mettre une double dose de whisky, j'ai comme l'impression que vous en avez besoin », me dit-il.

Wow ! Ce mec m'épate. Je suis passée du lion féroce en cage au petit agneau tout doux. Non seulement il a remarqué que je n'allais pas bien ; mais en plus il veut m'aider ?

« Merde, ça se voit tant que ça ? lui demandé-je.

— Oh ! vous savez, j'exerce ce métier depuis bientôt 10 ans, je sais repérer les clients qui ne vont pas bien et qui ont besoin d'un petit remontant. Mais, attention, si vous conduisez, ce sera le seul que je vous servirai, me dit-il en souriant.

— En effet, vous avez du nez. Je reprends effectivement la voiture alors je vais y aller mollo », lui réponds-je.

Il esquisse un sourire puis ajoute :

« Est-ce que votre curiosité a été comblée depuis la dernière fois ? J'attendais votre retour, mais j'imagine que vous avez dû oublier.

— Effectivement, et je m'en excuse, je vous ai légèrement oublié... Disons qu'elle m'a rendue encore plus curieuse. Je ne suis pas du tout rassasiée.

— Je comprends, ne vous en faites pas, je ne vous en ai pas tenu rigueur, me dit-il avec un petit sourire sarcastique. Voilà tout le problème de la curiosité, elle n'est jamais vraiment rassasiée. Il faut donc continuer à l'entretenir, Mademoiselle, mais n'en abusez pas trop ; vous savez, c'est comme l'alcool, il vaut mieux faire quelques pauses », reprend-il.

C'est marrant, on dirait les conseils de quelqu'un qui a pas mal d'expérience dans le domaine. À savoir maintenant si c'est dans l'ivresse ou dans la curiosité qu'il en a le plus. De toute façon, il n'a même pas attendu ma réponse, il est déjà derrière son comptoir. Ce garçon est pour le moins perturbant.

Je sirote doucement mon verre et, en effet, la double ration de whisky est bien présente, ce simple verre pourrait me conduire au coma éthylique avec tout ce que je viens de vivre émotionnellement. J'ai intérêt à faire gaffe, je ne voudrais pas me retrouver à danser sur la table en chantant *Prière païenne* de Céline Dion. J'ai beau m'entraîner dans ma voiture, je ne suis pas sûre de faire l'unanimité. Puis le serveur n'est franchement pas dégueulasse, alors si je pouvais garder une bonne image de moi, ça m'arrangerait.

J'opte pour le siroter doucement même si je t'avoue que siroter du whisky relève limite de l'impossible. J'aurais dû demander du coca, tant pis pour moi. À chaque gorgée, je tire la même gueule que lorsque je dois avaler un sachet de Smecta. Je suis sûre que je n'ai pas besoin de te la décrire, tu dois faire exactement la même. J'avoue que ce radiateur m'est d'une grande utilité, je colle mon dos contre lui pour détendre les muscles qui se sont crispés tout à l'heure. Ce serveur sait comment prendre soin de ses clients. La porte s'ouvre, un homme entre dans le bar, le serveur l'attrape au vol et lui propose d'aller s'asseoir à la table près de la lampe. C'est marrant, je me revois une semaine plus tôt et je me demande si le client pense que le serveur est gay. Tout comme moi, il lui obéit et se rend à cette fameuse table. Je ne peux m'empêcher de l'observer. Il commande un café crème, joue sur son téléphone, passe un appel à « son bébé » comme il dit. C'est quoi ce surnom bidon que les gens se donnent, je ne pige pas. Puis il finit par tourner la tête en direction de la vitre à laquelle il reste collé pendant bien 5 minutes. Est-ce que lui aussi est allé dans cet endroit ? Je ne peux m'empêcher de jeter un œil, moi aussi, dans cette direction. Bordel, mais voilà que c'est encore blindé de monde ! Un vieux monsieur sort de là, l'air complètement déboussolé. Je pourrais limite entrevoir cet amas de tristesse qu'il porte sur son vieux dos voûté. Vite ! Il faut que j'aille à sa rencontre ! Je finis mon verre cul sec, règle en espèces, que je laisse sur la table, et pars précipitamment en expliquant au serveur que tout est sur la table. Il acquiesce, je le salue et je m'en vais. Mince ! Je n'ai pas regardé de quel côté il est parti. Du haut de la rue, je le vois marcher lentement en direction de ma voiture. Je ne sais pas trop comment l'accoster sans le froisser...

« Excusez-moi, Monsieur ? »

Sans se retourner, il répond :

« Je me demandais si vous alliez oser m'aborder, Mademoiselle. »

J'arrive à entendre son sourire. Comment sait-il que je comptais l'aborder ? Il reprend :

« Si vous m'avez vu, c'est que vous étiez assise à la bonne place. C'est la seule chose qui importe.

— Je suis désolée, mais je ne suis pas sûre de comprendre ce que vous me dites, Monsieur... Je vous ai vu sortir de « Mon petit moi m'a dit » et... »

Je n'ai pas le temps de finir ma phrase qu'il me coupe la parole.

« Et vous vous demandez comment se fait-il que ce vieux Monsieur voûté sorte de là alors qu'à chaque fois que vous y mettez les pieds il n'y a jamais personne. »

Il m'a sciée, le vieux. Il continue lentement sa route. Moi, je reste béate devant sa réponse. Puis il reprend en faisant un geste de salutation :

« Ne vous en faites pas, vous finirez bien par comprendre. Tout le monde finit par comprendre. »

Je ne sais pas pourquoi mais je ne cherche pas à le questionner davantage. J'ai comme l'impression que je dois me démerder avec ça. Je le laisse filer et je rentre dans ma voiture.

Ce monsieur a dû, à un moment donné de sa vie, se poser la même question que moi, c'est obligé. Mais qu'est-ce que je dois comprendre ? Il se passe des choses vraiment pas nettes dans ce bled. Je n'arrive plus à savoir si c'est l'ambiance ou les gens qui sont bizarres ici. Je rentre chez moi, je ne veux voir personne. J'ai besoin de réfléchir, de poser enfin mon cerveau et de me concentrer sur tous ces événements. J'allume une clope et je me pose sur mon faux balcon. Je me remémore ce fameux moment du week-end dernier où mon petit Moi m'a dit de me barrer. Tout a commencé réellement ici. Sans ça, je ne me serais jamais retrouvée dans cet endroit. À chaque fois que j'y vais, il n'y a personne et pourtant à chaque fois que je vais au bar d'en face je peux apercevoir une salle pleine de monde. Franchement, si on me fait le même coup que dans le film *The Truman Show* où le mec vit en fait dans une téléréalité et tout autour de lui ce n'est que du décor et des acteurs, je pète le plus gros plomb de toute l'histoire de l'humanité. Je vais finir par devenir paranoïaque avec tous ces mystères qui m'entourent depuis une semaine. Mon téléphone sonne. Merde, je ne vais encore pas avoir la possibilité de me poser toutes les questions que je veux. Je ne réponds pas, il faut vraiment que je me concentre. Il sonne une deuxième fois, puis une troisième. Ce sont les filles qui essaient de me joindre les unes après les autres en se demandant à laquelle je vais répondre en premier. Pas de chance les filles, je n'ai pas de préférée. De toute façon, je les connais, d'ici une heure elles vont débarquer chez moi pour me sortir de force et si je ne veux pas, elles auront prévu les bières pour les boire chez moi. Je n'ai aucune volonté. Il est 22 heures et nous attaquons la quatrième bière. J'ai passé ma soirée à faire la débile, comme d'habitude, ça permet de cacher le mal-être et ça évite les inquiétudes et les questions auxquelles je n'ai aucunement envie de répondre. Elles savent combien la disparition de mon Papa est compliquée à accepter pour moi. Elles ont supporté mes excès d'émotions, ma tristesse tellement pesante tous les jours, mon agacement si soudain pour le moindre petit tracas, mes piques de colère extrêmes qu'il a fallu canaliser sans s'énerver en retour. Je suis passée par toutes les phases du deuil en même temps. Tout s'est mélangé et je n'ai pas su gérer cela seule. Heureusement qu'elles étaient là pour m'épauler, me faire manger quand l'appétit n'était plus là, m'aider à m'endormir quand l'angoisse était tenace, se balader pendant des heures les soirs juste pour que je puisse respirer un peu. Me sortir à droite à gauche pour m'éviter de déprimer davantage. Me laisser pleurer et me prendre dans leurs bras. Je sais à quel point j'ai pu être infecte avec elles à certains moments et elles ne m'en ont pas tenu rigueur parce qu'elles savaient, elles savaient que ce que j'endurais était une des phases les plus difficiles de ma vie. Les filles repartent, il est 3 heures, elles n'y ont vu que du feu, ouf ! Je peux enfin pleurer.

Les bières jouent certainement un rôle dans mon endormissement, car, à peine je ferme les yeux que je dors déjà. Je passe ma nuit assise sur des rochers au bord de l'eau. Les vagues sont violentes comme si elles cherchaient à m'atteindre pour m'emmener avec elles. Mais moi je reste assise, je n'ai pas peur, car je sais pertinemment qu'elles ne parviendront pas à leurs fins. Pas une seule goutte d'eau ne me touche. Je suis spectatrice de cette scène presque réaliste, mais je sais que je n'ai qu'à regarder et non à subir. Il y a cette musique qui tourne en boucle, elle paraît venir du ciel, je me surprends même à la chantonner. Les vagues claquent sur les rochers et les gouttes montent en puissance dans les airs et retombent comme des lames de glace juste devant mes pieds. Cette scène pourrait paraître terrifiante si je ne me rendais pas compte que je rêve. Mais je la trouve magique, car je n'ai aucune crainte. Je rêve, je le sais et, à partir de là, rien ne peut m'arriver. À un moment donné, je ne suis plus seule, allez savoir pourquoi, le serveur du bar s'assoit à côté de moi, il prend ma main et nous restons là sans nous dire un mot. Il est trempé parce que les vagues l'atteignent, mais c'est comme si elles n'avaient pas d'impact sur lui, elles le mouillent juste et lui ne bronche pas. Il continue de me tenir la main comme si de rien était. Au loin, sur un énorme rocher planté au milieu de la mer, j'aperçois une silhouette que je reconnaîtrais entre mille. Les vagues s'acharnent sur elle, mais c'est comme si elles ne la touchaient pas non plus. C'est mon Papa, il est comme fixé sur ce rocher, habillé de son jean et du polo que je lui ai acheté pour son dernier anniversaire. Il nous regarde, il sourit. Un sourire tellement grand qu'il brille même à travers les vagues. Il a l'air si heureux, si libre. Au moment où je veux briser le silence installé depuis l'arrivée du serveur, celui-ci tourne la tête dans ma direction, il sourit et il me dit : « Parce que tu es maintenant capable de vivre avec ». Sur ces mots, je me réveille.

Le réveil est brutal, j'étais si bien dans ce rêve, j'avais envie de dire quelque chose à mon Papa et je n'en ai pas eu le temps. Une fois de plus. Je ne peux m'empêcher de pleurer.

La petite lumière verte de mon téléphone m'indique que j'ai reçu un message. Tu te souviens de la fameuse piqûre de rappel ? Celle que font les petits Moi quelque temps après t'avoir laissée de côté, juste pour te rappeler qu'ils existent encore ? Ben voilà, j'ai reçu la mienne.

« Coucou, ça va ? Ça fait longtemps… Je viens prendre de tes nouvelles. ». Double traumatisme en me levant. Alors là, forcément, j'ai le cœur qui balance de la grosse techno, j'ai plus qu'à lancer les invitations et on se fait une bonne teuf à l'intérieur de mon corps. Je relis le message, je regarde l'heure à laquelle il a été envoyé. C'est certainement un message alcoolisé qui a été envoyé entre minuit et 6 heures du matin. Et, dans ce cas, c'est inutile de répondre. Il est 11 heures, le message m'est parvenu il y a 30 minutes. Ça m'a l'air d'être un message sérieux. J'ai envie de lui dire d'aller se faire foutre, parce que c'est vraiment ce que je pense. Malheureusement, il y a toujours cet autre côté qui me dit que si je le fais, je n'aurai plus jamais d'accroche avec lui et, bizarrement, ça me fait vraiment quelque chose de l'imaginer. Alors, bien sûr, je ne vais pas lui répondre tout de suite, parce que, d'une, il ne mérite pas que je lui réponde et, de deux, j'ai une meilleure occupation qui m'attend. Je vais préparer mon petit-déjeuner. Et ça, ça vaut toutes les occupations du monde.

Je repense à ce rêve pour le moins étrange. C'est marrant, ce qui me paraît le plus bizarre dans tout cela, ce n'est pas le fait que les vagues ne m'atteignaient pas, alors que je me trouvais vraiment tout près, mais plutôt que le serveur atterrisse à côté de moi. Qu'est-ce qu'il foutait là ? Est-ce que, moi, je m'immisce dans les rêves des autres, franchement ? Bon, en même temps, c'est vrai que j'ai souvent eu affaire à lui ces derniers jours.

Cet après-midi, comme tous les dimanches, c'est café avec les filles. J'aime bien ces moments-là, c'est le genre d'après-midi où on refait le monde et où tous ceux qui nous font chier au quotidien s'en prennent plein le nez. Ça nous détend et surtout, avec ce genre de copines-là, je te jure qu'on se marre sacrément. Notre première cible, ce sont les ex. Ah, ceux-là… S'ils savaient ce qu'ils se prennent par la tronche pour certains ! Ils changeraient de pays et vite ! Là, nos petits Moi prennent leur pied, la question ne se pose même pas. Ensuite, on s'attaque aux différentes soirées en se remémorant tout ce qu'il s'est passé. Bien souvent, il y en a une qui se retrouve surprise et qui éclate de rire quand on lui apprend ce qu'elle a pu dire ou faire, ou se sent extrêmement gênée. Entre nous, c'est généralement à la même que ça arrive, c'est certainement ça le plus drôle. Puis, après, on déballe un peu sur le boulot, parce que ça fait du bien de se décharger, mais on évite de traîner trop sur le sujet. Après tout c'est dimanche, on est encore en week-end. En général, on finit par manger ensemble et se caler sur le canapé jusqu'à ce que l'une d'entre nous ait le courage de se bouger et que tout le monde suive. Quand je vais leur dire que j'ai reçu la piqûre de rappel, elles vont d'abord dire : « Mais noooon ?! », puis « Ne réponds pas, ça lui fera les pieds à ce connard ». Et elles auront raison.

Ce que j'aime chez elles, c'est qu'elles n'ont jamais leur langue dans leur poche. Les mots qui sortent de leurs bouches sont bruts, sans aucun détour. Ils ne cherchent pas à être beaux ou sortis d'une phrase qui respecte bien la règle de la majuscule en début, du sujet, du verbe, du complément et du point final. Ce sont des mots vulgaires qui n'en ont rien à foutre. J'adore ça. Il n'y en a pas une pareille qu'une autre, je retrouve en chacune d'elles quelque chose que je n'ai pas forcément et c'est ce qui fait que nous sommes toutes complémentaires. Chacun de leur petit Moi me tient en équilibre, j'apprends à en avoir rien à foutre avec l'une, à me débrouiller toute seule avec une autre, à me demander « à quoi ça sert un mec ? » puisque je suis capable désormais de tout faire toute seule. Je l'entends encore me dire : « Un mec ? Pour quoi faire ? ». Si tu savais comme je l'envie. Je sais que, quoi qu'il en soit, ce sont elles qui m'ont tenu la tête hors de l'eau quand la lame de fond voulait me noyer.

Sarah, c'est ma meilleure amie, en fait ce n'est un secret pour personne, on s'est trouvées à nos premiers pas et depuis on marche ensemble, quoi qu'il arrive. C'est bien plus qu'un lien d'amitié, c'est un réel lien d'âmes. Celui que tout le monde aimerait avoir. Je n'imaginerais jamais ma vie sans elle. C'est impossible.

Tarra est arrivée dans ma vie grâce à une ancienne relation amoureuse – importante pour moi. Elle et moi, je crois, qu'on peut dire que ça a été assez immédiat, il fallait qu'on se rencontre. J'adore cette nana, je lui souhaite le meilleur, j'espère qu'elle le sait. Et, même si des fois elle doute d'elle, de son futur, moi, je garde confiance. Elle sera comblée et le petit Moi qu'elle cherche viendra à elle. Madi, Ah ! Madi... Ce petit bout de femme si attachante. Madi, tu vois, c'est un peu le bébé de la bande mais qui, finalement, a plus le rôle de Maman. Une vraie guerrière, cette Madi ! Je crois que si je devais lui donner une phrase (outre « on a qu'une vie »), je dirais « T'inquiète, je gère ». C'est exactement ça, elle gère tout, elle fait tout pour les autres jusqu'à s'en oublier un peu elle-même des fois... C'est mon binôme au quotidien, j'ai besoin d'elle. Mila, c'est ma petite bulle d'oxygène, elle ne le sait peut-être pas, car sa confiance en elle est tellement limitée... Mais, bon sang, quand je la vois, ça me fait du bien. Elle est toute douce et attendrissante. C'est simple, on a envie de la protéger. Elle est pourtant hyper méga forte. Ça non plus, je suis sûre qu'elle ne s'en rend pas compte. Je l'admire beaucoup. J'espère qu'un jour elle prendra conscience de ce qu'elle vaut. C'est une pépite, cette nana. Ma copine Calie, c'est « la force tranquille » de la bande, elle apporte toujours un côté apaisant quand elle est là, comme si tout était plus facile, plus sain, plus joli. Elle a ce côté « cool » qui se dégage de son aura et qui entraîne tout le monde autour d'elle. Camille, elle, c'est le point de départ de mes 8 ans, la seconde vie que j'ai eue dans une nouvelle école, une nouvelle ville. Elle m'a accostée, car elle voulait un agenda Chipie qu'elle n'avait pas trouvé, mais que, moi, j'avais. À partir de là, on ne s'est plus quittées. C'est ma grande copine sur qui je peux me reposer, avec qui je ris comme jamais et sur qui je peux compter sans aucun doute. Et puis il y a Noah, notre incontournable copine. Notre copain fille qui n'est pas du tout gay, mais qui connaît nos secrets. On l'a adopté. Un clown comme on en connaît peu, il faut savoir rire de tout avec lui. Ça nous apporte de la légèreté au quotidien. C'est vrai que ça peut paraître un peu bizarre de lui donner ce rôle de « copine », mais en vrai on s'en branle, je crois que lui aussi. Tu m'excuseras, mais je parlerai donc toujours au féminin, la règle du masculin qui l'emporte n'a jamais été appliquée chez nous.

Comme je l'avais prévu, nous avons épluché tous les thèmes. Celui de la piqûre de rappel a fait un vrai tabac ! Tout le monde y est allé de son commentaire : « Il existe encore lui ? » - « Laisse-moi tomber ce crevard, il ne te mérite pas ! » - « Tsss, fais-moi plaisir, bloque-le » et ainsi de suite, jusqu'à ce que Sarah me dise « Moi, je trouve ça bien. Au moins ça veut dire que tu restes dans un coin de sa tête » et puis j'ai trouvé ça pas bête du tout. Je n'avais pas pensé à la chose de cette manière. Et j'ai aimé cette façon de penser, sauf que je n'ai rien dit. Je veux leur montrer que je ne suis pas faible. Et la faiblesse serait de dire que ça pourrait me faire finalement un peu plaisir. Or, bien entendu, ce n'est pas le cas. C'est un crevard. Bien sûr, elles m'ont quand même demandé si je comptais lui répondre. « Je ne sais pas encore, mais ce que je sais c'est que si je venais à lui répondre, ça ne serait pas avant un bon moment. », je leur ai répondu. Au fond, je sais pertinemment que je vais lui répondre et je sais qu'elles le savent aussi. Mais on ne dit rien, on laisse les choses se faire toutes seules car on est toutes du genre à penser que si quelque chose arrive, c'est que ça doit arriver.

Je ne leur ai pas parlé de ce qui est en train de se passer depuis une semaine. J'ai envie de garder ça pour moi, du moins pour l'instant. Peut-être que, un jour, si ça devient trop lourd à porter, je leur expliquerai tout.

Cet après-midi m'a fait un bien fou ! Par contre, j'ai toujours ce message en stand-by qui m'emmerde. Qu'est-ce que je dois faire ? Je sais pourtant que quand quelqu'un t'a fait du mal une fois et qu'il revient, c'est qu'il n'a pas encore fini. Remettre à demain ce qui peut être fait aujourd'hui, voilà une expression qui me semble bien et que je vais certainement appliquer. Après tout, lui, il a bien mis 8 mois à m'envoyer un message qu'il aurait pu m'écrire bien avant, alors t'as pas fini d'attendre, mon gazier.

J'ai intérêt à être en forme demain, je serai traînée de force au sport par Madi ; cette fois, elle ne me laisse plus le choix. J'ai épuisé tout mon stock d'excuses bidon.

Hier soir, pendant que j'étais au resto avec mes collègues de boulot, j'ai reçu un message via un réseau social. Un certain « Tom », voilà ce qu'il disait :

« Bonjour Mademoiselle, je me permets de vous écrire, car vous apparaissez dans mes suggestions et je vous ai reconnue tout de suite. Je m'appelle Tom et je suis le serveur du bar à Chas. J'espère que vous vous sentez mieux ? Et j'espère également que mon message ne vous dérange pas... Bonne soirée à vous, amicalement, Tom. »

Waouh ! C'est dingue ! Je rêve de ce mec, il y a à peine trois jours, et voilà qu'il m'écrit. Je ne sais pas trop pourquoi, mais je me surprends à sourire bêtement à la vue de ce message. Si bien, d'ailleurs, que mes collègues le remarquent et en profitent pour me taquiner.

« Oh ! Regardez-moi ce petit sourire niais sur sa bouche ! J'ai comme l'impression qu'il y a un garçon derrière... » s'écrie Lucille.

Je souris, davantage gênée.

« C'est vrai qu'elle a la niaiserie en elle, la petite ! Allez, dis-nous tout », s'exclame Séléna.

Il est hors de question que je dise quoi que ce soit, faut que je feinte et vite !

« Bon d'accord, vous avez gagné ! Il y a effectivement un mec derrière tout ça... »

Je leur tends la perche aux questions. J'ai hâte de voir leurs têtes de déphasées.

« C'est quoi son petit nom ? me demande Séléna.

— Non, mais on s'en fout de ça ! Tu l'as rencontré où ? Quand ? Et il se passe quoi depuis ?! demande Lulu.

— Ben, vous savez que je me suis mise au sport cette année. Je l'ai rencontré là-bas. En fait, c'est mon prof de sport... »

Ouh, je sens l'excitation monter.

« Mais, attends, celui dont tu nous parles comme étant le vieux relou qui ne te laisse pas respirer deux minutes et qui matte le cul de toutes les gonzesses qui passent ?! »

Ça y est, j'atteins le summum.

« Oui, c'est lui... Mais c'était juste un genre qu'il se donnait, en fait il est hyper intéressant, leur réponds-je sans pression.

— Mais il n'est pas tout jeune lui, si ? me demande perplexe Séléna.

— Il a 50 ans. C'est vrai que la différence est énorme, mais, honnêtement, je ne la vois même plus. »

J'ai tellement envie de rire quand je vois leurs faces de déterrées.

« Ah ! Je suis sacrément surprise, mais, écoute, si tu es bien avec lui, c'est certainement le principal.

— Nous, tant que tu vas bien, c'est parfait ! » reprend Lulu.

Allez, je balance la bombe finale, histoire de les achever.

« Merci, vous êtes adorables. En fait, ça fait 5 mois que nous sommes ensemble et ça fait 2 mois que je suis enceinte... »

Oh ! le malaise !

« C'est pas vrai ?! Dis-moi que c'est une blague ! s'exclame Séléna.

Je sens que sa phrase est sortie toute seule et qu'elle est déjà en train de la regretter.

« Attends, là... ça fait beaucoup trop de nouvelles d'un coup », répond Lulu qui n'en revient pas.

Je finis cul sec mon verre de vin et j'attends les réactions.

« Aaah !! Et le verre d'alcool, il passe bien ? dit Séléna en pouffant de rire.

— Vous êtes tellement naïves... leur dis-je en rigolant.

— Oh ! Je suis tellement contente que ce soient des conneries, si tu savais ! » me balance Lulu.

Et nous éclatons toutes les trois de rire. Mon coup est réussi, elles en ont oublié la question de départ.

La soirée se termine à 1 heure du matin, on s'est vraiment bien marrées.

Une fois rentrée, je réponds à Tom, j'opte pour un message décontracté. Je n'ai pas envie de me prendre la tête.

« Hé ! En voilà une surprise. C'est sympa de prendre de mes nouvelles. Le whisky a mis une bonne branlée à mes pensées, faut dire qu'en effet il était bien chargé ! Merci. »

Je n'ai même pas le temps de m'endormir qu'il me répond déjà.

« Je suppose que mon message est le bienvenu alors, tant mieux. Je suis plutôt content de savoir que j'ai pu te permettre d'y échapper un peu. »

Je préfère attendre demain pour répondre, c'est le genre de plan où t'es pas couchée avant 4 heures du mat sinon.

Mercredi. Les jours passent à une allure… c'est incroyable ! On m'avait dit que passé les 25 ans, le temps file plus vite. Fait chier, c'est vrai. J'ai les courbatures du sport de lundi, c'était step, je n'ai pas attaqué avec la séance la plus facile. Je me suis tellement défoulée que je vais devoir reprendre rendez-vous chez l'ostéopathe. Quand je te dis que le sport n'est pas fait pour moi, ce n'est pas une blague.

Le vendredi, il me demande si je comptais revenir dans son bar et que si c'était le cas, il serait ravi de me voir.

Le problème, c'est que j'ai peur de retourner à « Mon petit moi m'a dit » et d'en ressortir tout aussi bouleversée ; à force, il risque de me trouver un peu louche. Du coup, je me dis que je vais faire l'inverse, j'irai au bar avant.

« Je passerai prendre un café sur les coups de 13 heures, mais, en contrepartie, arrange-toi pour avoir ta petite pause en même temps. Mon café aura un goût de solitude sinon. »

Il me répond qu'il ne prendra qu'une pause dans la journée et qu'elle commencera uniquement au moment où je franchirai le pas de la porte du bar. Je trouve sa réponse parfaite, mais bon je me méfie, c'est un barman, il a du bagout.

Avec tout ça, j'ai complètement oublié la piqûre de rappel du petit Moi pour qui j'aurais tout donné il y a quelque temps de ça. Ce petit Moi dans lequel j'avais mis tous mes projets de vie. Celui-là qui m'a fait croire en un avenir à deux et qui m'a laissée toute seule. Lui, que je pointe tous les jours du doigt en espérant très fort que, un jour, je ne verrai plus que mon doigt. J'ai oublié que ce type, à qui je pense matin, midi et soir, m'avait envoyé un message auquel je n'ai toujours pas répondu. J'ai l'impression que ça tient du miracle. Soit Tom est une potion magique, soit j'ai enfin compris que l'autre est un poison. Ah oui, je ne t'ai pas dit ! « L'autre », c'est le nom que je donne aux petits Moi qui ne méritent plus que je les appelle par leur prénom. Alors, ils s'appellent tous « l'autre » et je trouve que ça leur va bien. C'est mon moyen à moi de me venger d'une certaine façon.

Bon, mais ça n'empêche malheureusement pas que, au moment où j'y repense, ça me fait quelque chose. Le problème, il est là, j'ai beau avoir de la haine pour lui, j'ai aussi toujours autant d'amour. Tu te rappelles ce que je te disais sur le véritable amour que j'ai frôlé ? Il était pour lui. C'est lui qui est parti tellement loin qu'il n'a jamais pris la peine de revenir – jusqu'à ce message. Alors voilà, je me retrouve devant ce message qui demande de mes nouvelles et je ne sais même pas si j'ai envie d'en donner. Je vais laisser encore un peu traîner, peut-être que si je fais comme si je n'avais jamais eu de message, il finira par disparaître ? Après, si ça ne marche pas, je le supprimerai et je ferai comme si je ne l'avais jamais reçu. Ou alors, je répondrai plus tard, j'ai tout le temps d'y penser. C'est dingue, j'ai tellement attendu ce message que maintenant que je l'ai enfin, je préférerais ne l'avoir jamais reçu.

Chapitre 4 _ Le parfum.

Nous voilà samedi matin. Dans quelques heures, je retrouve Tom à son bar, j'ai intérêt à me faire un peu jolie – mais pas trop. Sinon il risque de le remarquer, ça le flattera et, moi, je déteste donner raison aux hommes. Bon, j'ai dû passer une bonne heure à trouver la tenue idéale et à donner à ma chambre une allure de scène de guerre. Sauf qu'elle attendra ce soir pour être rangée car, là, franchement, je n'ai plus le temps. Un peu de maquillage, du parfum et en avant !

Il est 13h15 quand j'arrive au bar. Tom est là, derrière son comptoir, il me regarde, me sourit, s'approche de moi et me fait la bise d'un air décontracté. Il me demande de le suivre, j'acquiesce en souriant. Il me conduit à une toute nouvelle table sur laquelle est dressée une jolie nappe à motifs aztèques. Dessus sont posés deux cafés allongés et deux crèmes dessert dont le coulis de framboise dégouline de chaque côté. Je sens mes papilles qui s'activent.

« Je vois que Monsieur a sorti le grand jeu, c'est adorable merci, lui dis-je.

— J'espère que les cafés n'ont pas refroidi, car Mademoiselle a 15 minutes du retard. »

Il me sourit et me lance un clin d'œil.

« Je pourrais te dire que j'ai voulu me faire désirer, mais, dans la réalité, je suis tombée par inadvertance sur un troupeau de vaches au milieu de la route... Est-ce que je suis pardonnée ?

— Si c'est à cause des vaches, alors tu es entièrement pardonnée ! »

Il s'absente deux minutes pour débarrasser une table afin d'être totalement libre pour moi. J'en profite pour scruter la salle de mon nouveau point de vue et je remarque que, de la table où je suis installée, je peux encore voir la vitrine de « Mon petit moi m'a dit ». J'ai l'impression que tous les points de vue de ce bar ramènent à chaque fois vers cet endroit. Ma surprise est grande quand je remarque que l'inscription sur les nuages a changé. Je suis persuadée que la semaine dernière il était inscrit : « Chut ! Écoute-toi », pourtant maintenant je peux lire « Tu m'entends ? ». Il y a donc forcément quelqu'un qui s'occupe de cet endroit, je ne vois pas une autre explication. Tom est déjà de retour, j'en profite pour le questionner.

« Tu as déjà vu le propriétaire de cet endroit ? », lui demandé-je.

— Non jamais, on ne doit pas faire les mêmes horaires ; ou alors il doit entrer par une porte à l'arrière », me répond-il.

— Je ne crois pas qu'il y ait une autre porte, je n'ai vu aucune autre entrée que celle-ci quand je suis allée à l'intérieur.

— Ah ! Eh bien, je suppose que nous n'avons juste pas les mêmes horaires d'arrivée et de départ. Mais toi qui es déjà allée à l'intérieur, tu ne l'as jamais vu ?

— Non justement, il n'y a jamais personne quand j'y vais.

— C'est que tu ne dois pas t'y rendre aux bonnes heures, car je trouve qu'il y a souvent du monde dedans.

— Tu as peut-être raison, oui... »

Je fais mine que ces explications sont suffisantes afin de ne pas éveiller trop de soupçons. Je ne voudrais pas qu'il me pose plus de questions, notamment sur ce que je fais quand je suis là-bas, car, de toute façon, même moi je ne sais pas.

Nous passons vite à d'autres sujets, car sa pause ne va pas durer toute la journée. Nous avons une petite demi-heure dans laquelle nous plaçons le plus de mots possibles. Bien sûr, ça passe trop vite. Quand un moment est agréable c'est souvent comme ça.

Il me propose de reprendre notre discussion autour d'un verre dans les jours à venir. Nous nous disons que mardi serait bien et que, en attendant, nous avons tout le temps de discuter par message – c'est là que je me dis que le téléphone, c'est quand même cool.

« Je dois reprendre mon poste, tu peux rester autant de temps que tu veux et si tu as besoin de quelque chose, tu me siffles, j'accourrai ! »

J'adore sa façon de parler.

« Merci beaucoup, en tout cas, de m'avoir accordé le temps de ta pause. J'aurais aimé rester plus longtemps et te regarder bosser, mais, tu sais bien, ma curiosité attend toujours d'être rassasiée », lui réponds-je.

— Ah oui c'est vrai, toi et ta curiosité ! me dit-il en souriant.

— Peut-être que, un jour, je te raconterai ! »

Et je suis partie, prête à affronter ce qui doit m'arriver.

Je traverse la rue, les crocodiles sont encore là. Je m'entends penser : « À nous deux, maintenant » quand mon regard se fige sur la vitrine. « Chut ! Écoute-toi » est écrit sur les nuages. Pourtant, tout à l'heure, je suis sûre d'avoir vu écrit : « Tu m'entends ? ». Je n'ai pas halluciné quand même ! Tant pis, faut que je retourne au bar pour en avoir le cœur net.

« Oh ! Je te manquais déjà ? », me taquine Tom.

J'invente une excuse rapide.

« Je crois que j'ai oublié ma barrette sur la table. »

Puis je me rends à celle-ci, je fais mine de chercher et j'en profite pour regarder en direction de la vitrine. Je vois nettement écrit « Tu m'entends ? ».

« Tom, dis-moi, tu peux me dire ce que tu vois d'écrit sur les petits nuages de la vitrine là-bas ? »

Tom s'approche de moi, regarde par la vitre sans poser de question.

« Je ne vois rien d'écrit, me répond-il.

— Tu es bigleux toi, non ? lui dis-je.

— Je t'assure que j'ai de très bons yeux, 10/10 à chaque et je ne vois rien d'écrit sur les nuages, désolé... », me répond-il gêné.

Je comprends qu'il est très sérieux et que, vraiment, il ne voit pas les écritures et, avant de passer pour une foldingue, je préfère m'en aller.

« Bon ça va, tu as une bonne vue alors, je voulais juste gratter 5 minutes de plus en ta compagnie », lui dis-je avec un sourire.

Il me sourit et me dit que je suis maligne – s'il savait à quel point. Sur ces mots, je repars coller mon nez à la vitrine de « Mon petit moi m'a dit ». Bon, faut que je réfléchisse, il y a forcément une explication. C'est peut-être un effet d'optique. De loin, on lit quelque chose et, lorsqu'on s'approche, la phrase change. Mais je ne m'explique pas pourquoi Tom, lui, ne voit pas du tout d'écriture. Autant la première explication peut être probable, mais je n'en trouve pas pour ça, par contre. De toute façon, tout dans cet endroit me paraît très bizarre, alors un truc de plus ou de moins, je crois que je ne suis plus à ça près.

J'entre, la cloche ne prend même pas la peine de sonner cette fois. Elle doit fonctionner qu'une fois sur deux. Je suis tout de suite intriguée par l'odeur qui se diffuse ici. Je la connais, et je pourrais la reconnaître entre mille. Elle me renvoie 20 ans en arrière. Ce mélange d'odeur de chasse et du parfum « Le mâle » de Jean-Paul Gauthier. Oui, j'ai toujours trouvé que les chasseurs avaient une odeur de chasse. Mon Papa était chasseur, c'était une vraie passion pour lui, que je n'ai jamais partagée. C'était mon choix. Mais je respectais le sien. Cette odeur embaume toute la pièce, comme s'il venait de passer dans tous les recoins de la pièce jusqu'à ce que le papier peint s'en imprègne. C'est si bon de sentir cette odeur, je ferme les yeux et j'imagine qu'il est tout près, puis je m'effondre en larmes en me disant que ce ne sera plus jamais le cas. Voilà, comme à chaque fois, dès que quelque chose me fait penser à lui, mon sourire n'a pas le temps d'ouvrir les yeux que les larmes en coulent déjà. Je me rends pourtant compte de la chance que j'ai de vivre ce que je suis en train de vivre. Je suis sûre que ce n'est pas donné à tout le monde et que, certainement, d'autres rêveraient d'être à ma place et profiteraient du moment présent. Ils attraperaient cette chance de pouvoir, une dernière fois, se sentir proche de celui qui est parti dans les étoiles. Pour moi, c'est encore si difficile de supporter cela émotionnellement que je préfère sortir de là et m'intoxiquer les poumons en respirant l'air pollué de la rue. Je m'apprête à franchir le pas de la porte quand un chuchotement parvient à mon oreille. Je sens mon pouls s'accélérer, ça cogne fort dans mon cœur. Puis, je l'entends plus distinctement, il a l'air de sortir de tous les recoins de la pièce en même temps. « Tu m'entends ? », mon pouls continue son accélération jusqu'à l'arrêt cardiaque. « Écoute-toi ! », ça y est, ça m'a attrapée, je sens que ma tête tourne, mes yeux sont en train de jouer du yoyo. Je sens que mon corps me lâche, mes jambes deviennent aussi molles que du coton. J'essaie, tant bien que mal, de me rattraper à quelque chose pour rester en équilibre, mais c'est trop tard, mon corps s'étale au ralenti par terre. Je ne sens aucune douleur. Le noir total.

Quelques minutes se sont écoulées quand je rouvre enfin les yeux. J'ai l'impression d'être secouée. Je sens mon corps trembler, valdinguer à droite, à gauche. Puis je finis par entendre une voix, qui crie mon prénom plusieurs fois. Une fois mes esprits complètement retrouvés, je me rends compte que Tom est accroupi à côté de moi et qu'il essaie de me faire réagir.

« Qu'est-ce que je fous là ? » lui demandé-je.

Tom sourit, heureux de m'entendre parler enfin.

« Je t'ai vue tomber de ma vitrine, alors j'ai couru pour venir voir ce qu'il se passait. Tu as fait un malaise ?

— Je crois oui, je me suis sentie mal tout à coup et puis le noir total.

— Il s'est passé quelque chose en particulier pour que tu te sentes mal ? J'espère que ce n'est pas à cause du café de tout à l'heure ?

— Oh non, rassure-toi, je suis juste un peu surmenée en ce moment, lui réponds-je.

— D'accord... Je vois... Et c'est donc ça, cet endroit dont tu me parlais ? Je ne le voyais pas si petit, me dit-il.

— Petit ? Moi, je trouve que c'est plutôt spacieux, surtout quand on est seul !

— Disons que, quand je vois toutes les personnes qui entrent là-dedans, j'avais tendance à penser que c'était plus grand et plus... attrayant. Ça ne fait pas très branché quoi.

— Si on sortait d'ici ? lui demandé-je.

— Oui, allons-y, après vous, très chère.

— Vous savez prendre soin de vos clients, lui réponds-je ironiquement.

— Uniquement de ceux qui sont des proies faciles. »

J'esquisse un sourire et, enfin, je peux respirer l'air pollué de la rue.

« J'étais là », dit Tom à voix haute.

Je ne comprends pas de quoi il parle.

« Comment ça, t'étais là ? » lui demandé-je étonnée.

Tom me montre la vitrine du doigt et me dit :

« Tu avais raison, regarde, c'est écrit sur les nuages. »

Je suis son doigt du regard et je lis : « J'étais là ». Je sens mon cœur me faire mal tant l'accélération est soudaine, la peur me tord les tripes, mais il faut pourtant que je cache mon malaise à Tom pour éviter les questions gênantes. Alors, sur un ton du plus moqueur que je peux à ce moment-là, je lui dis :

« Tu vois, j'avais raison, t'es bigleux ! »

Et je traverse la rue pour couper court à cette discussion sans faire attention aux crocodiles. Il me suit sans poser de question et, de l'autre côté du trottoir, je le remercie d'être venu à mon secours avant de repartir à ma voiture comme une voleuse.

Chapitre 5 _ La piqûre de rappel.

Arrivée chez moi, je me pose sur mon canapé et, pendant bien 30 minutes, j'essaie de trier mes pensées. Il y a tellement de choses dans ma tête, à ce moment-là, que je ne sais pas à quoi réfléchir en premier. Avec ce qui vient de se passer, le rendez-vous avec Tom sera ma dernière réflexion.

Je repense à cette odeur, comment est-il possible de la sentir à nouveau ? À moins qu'un chasseur, qui porte du Jean-Paul Gauthier, soit venu avant mon arrivée. Franchement, ça me paraît fou, mais c'est encore possible. Mais ce chuchotement alors ? Je ne l'ai pas imaginé, comment l'expliquer ? Je crois en la vie après la mort et à tous les signes qui puissent exister pour me le prouver. Mais avant j'essaie de trouver quand même les explications possibles pour ne pas trop me perdre dans des espoirs inutiles, mais j'en arrive à un point où les explications scientifiques ne suffisent plus. J'en viens à penser que mon Papa se trouve derrière tout cela. Et, entre nous, ça me plaît bien de penser ça. Mon cerveau bouillonne de questions, de possibilités, de théories du complot et d'espérances aussi. Celle de pouvoir, par exemple, imaginer que mon Papa était là. Je sais, ça peut paraître dingue mais, après tout, pourquoi pas ? En même temps, toi, dis-moi, t'es-tu déjà demandé à quoi ça sert de naître, de vivre et ensuite de mourir ? T'es-tu déjà posé les questions : « Pourquoi tu es là ? Qu'as-tu à apprendre ici ? Pourquoi dois-tu apprendre si c'est pour mourir derrière ? ». J'ai toujours eu tendance, depuis petite, à me poser ces questions et c'est ce qui a ouvert en moi des portes infiniment grandes de possibilités extraordinaires qui boostent mon quotidien et me permettent de trouver la vie bien plus excitante. L'ouverture d'esprit n'est pas une fracture du crâne, c'est bien connu. Mais je reviens très vite à la raison quand la sonnette retentit dans mon appartement. Je n'attends pourtant personne. À tous les coups, c'est soit le calendrier de l'équipe de foot du coin, ou celui des pompiers, ou alors la secte du village qui veut me donner de nouveaux prospectus à la gloire de leurs croyances – en pensant peut-être que j'ai changé d'avis depuis toutes les dernières fois où elle est passée. Je regarde par la fenêtre ; en habitant à l'étage, c'est pratique de voir sans être vue. Puis, gros bug derrière ma fenêtre. Je sens mon sang glisser tout droit jusqu'à mes pieds. Si je m'attendais à ça... Mon ex se tient devant ma porte, en train d'attendre que je lui ouvre. C'est complètement dingue. Si vous saviez le nombre de fois que j'ai rêvé de cette scène. Je l'ai tellement imaginée, que jamais je n'aurais pensé qu'elle se présente à moi un jour. C'était comme un idéal qui ne se produirait jamais. Un brouillon de livre jamais édité, un film jamais tourné. Je n'irai pas jusqu'à dire que c'était une utopie, parce que ce serait bien triste de comparer une scène pareille à une utopie, mais c'était l'impossible que je rêvais possible. La vue de ce petit Moi, là, devant ma porte, m'a littéralement replongée dans les souvenirs. L'effet est immédiat et extrêmement douloureux. Mon cœur se serre très fort, ce pincement atroce que je ressens chaque fois que j'ai eu l'occasion de le croiser. Mais, là, c'est bien plus intense. Je me rends compte à quel point ce petit Moi-là m'a manqué. À quel point il a été important pour moi et combien je comprends maintenant le mal que j'ai à le sortir de ma tête. Ça, ce sont les tout premiers sentiments qui me viennent quand je le vois. Heureusement, d'autres arrivent juste derrière et me permettent de reprendre mes esprits rapidement. La rancœur prend la seconde place et celle-ci, elle est féroce et tenace. Je déteste tout ce qu'il a pu me faire subir. Je déteste la facilité qu'il a de m'oublier. Je déteste le fait de m'être rendue malade de tristesse quand je n'existais déjà plus pour lui, le temps que j'ai gâché.

J'ai très souvent imaginé cette scène avec des scénarios différents. L'un racontait des retrouvailles à grandes embrassades, l'autre une déclaration de sa part et un rejet de la mienne. C'était certainement celui-là que je préférais. Cette sorte de vengeance irréfléchie qui me pousse à dire STOP à quelque chose que j'attends depuis longtemps. Dire NON alors que la seule chose dont j'ai envie est de dire oui. De l'entendre m'étaler des excuses dignes des plus grands films à l'eau de rose et d'avoir la force de le négliger sans état d'âme. Et puis, nous en sommes là. Il est devant ma porte et moi derrière ma fenêtre. Je le vois attendre patiemment que je lui ouvre celle-ci. Je me rassure en me disant qu'il doit être un peu stressé, que son petit Moi doit être en train de le conditionner pour paraître naturel et que, au moment où j'ouvre la porte, je remarque les failles et que je vois que, malgré ses efforts, je suis encore capable de percevoir ses sentiments. Toutes ces histoires restent dans ma tête, à n'être écoutées par personne. À bouillonner à l'intérieur sans pouvoir jamais sortir. Tout ça pour que, lorsque je suis enfin prête à tout laisser derrière moi, il sonne à ma porte.

Je descends toute penaude, je ne sais même pas ce que je vais dire en le voyant. Il est là, comme un enfant devant une surprise, les yeux brillants, eux qui m'ont tellement de fois regardée avec amour. Sourire niais aux lèvres, que j'ai tant de fois embrassées. Je ne saurais te dire lequel de nous deux est le plus stressé, mais ce que je peux te dire, c'est que de le voir devant moi m'enlève toute la rage que j'ai accumulée contre lui. D'un coup comme ça, je n'arrive plus à lui en vouloir. Nos petits Moi se reconnaissent, ils ont vécu une histoire et je crois qu'ils savent tous les deux qu'il faut la conclure avec un point final digne d'eux. Un point final plus joli. Je lui propose un café ou une 8/6. Il choisit la 8/6. La dernière fois que nous en avons bu une ensemble, c'est le jour où il m'a laissée. De l'eau a coulé sous les ponts comme il m'a dit une fois. C'est vrai maintenant. Je le laisse me parler de sa vie, je l'écoute et c'est finalement plaisant de l'entendre me parler de choses que je n'ai pas vécues avec lui, moi qui pourtant, depuis tout ce temps, faisais en sorte de ne jamais rien savoir sur lui. Il me pose des questions sur la mienne. S'il savait...

Je reste sur du standard, c'est mieux ainsi. J'aurais aimé pouvoir lui expliquer, car il sait, tout comme mes copines, ce par quoi je suis passée. Lui aussi a veillé sur moi. Il a vu ces crises d'angoisse incontrôlables qui me tenaient la nuit, parfois même les matins au réveil. Il me serrait fort dans ses bras pour me faire sentir que je n'étais pas toute seule, qu'il était là. Il m'encourageait à aller mieux et il y mettait du cœur. Mais c'était peine perdue. Rien ne m'allait jamais. J'étais dix pieds sous terre et quoi qu'il fasse à cette période n'était pas suffisant. J'ai bien pensé que c'était de sa faute, qu'il n'en faisait pas assez. J'étais tellement focalisée sur ma douleur, ma douleur à moi qui prenait une ampleur phénoménale que j'en suis devenue égoïste, sans m'en rendre compte. Ce qui est passé est passé. Les erreurs que l'on fait ne peuvent pas toutes être réparées, mais je travaille à ce que la mienne ne se reproduise plus jamais. Et surtout, qu'elle ne me hante plus. Je me suis pardonné ça. J'espère qu'il me le pardonnera un jour.

Si je lui parle de toutes ces choses bizarres qui m'arrivent, il essaiera forcément de trouver le moyen d'expliquer chaque événement. Il est trop terre à terre pour réellement s'y intéresser.

Alors je me tais sur ce sujet. Il me demande si j'ai reçu son texto et je lui dis une partie de la vérité : je ne savais pas si j'avais envie de lui répondre. Il sait que je dis toujours ce que je pense, c'était d'ailleurs quelque chose qu'il n'aimait pas toujours. Comme le jour où je lui ai dit que je n'irai jamais le voir à un match, parce que je n'aimais pas le rugby. Ce jour-là, j'ai dit quelque chose que je ne pensais pas. J'avais juste envie d'être blessante, bêtement, et j'avais réussi, nullement. J'ai toujours aimé ce sport. Ce que je n'aimais pas, c'est qu'il prenne plus de place que moi dans sa vie déjà bien remplie. C'était moi, là, qui étais égoïste. Il arrive que, des fois, il faille plus de temps pour se rendre compte de ses erreurs. C'en était une. J'ai fini par le comprendre.

C'est très bizarre de le voir assis là, à la place qu'il avait prise le jour où il m'avait laissée. Je suis stressée, parce que j'ai l'impression qu'il va recommencer. C'est bête, je sais. Nous restons là des heures et des heures à discuter et à prendre plaisir à le faire. Je le sais, car, d'habitude, il aurait trouvé une excuse pour partir. Là, je crois qu'il ne la cherche même pas. Rien ne se déroule comme j'avais pu me l'imaginer un paquet de fois. Je découvre une nouvelle partie de moi. Je rencontre mon petit Moi, la force qu'il a, que j'ai. Sans tout cela, je serais restée égale à ce que je pensais être. Maintenant, je sais qui je suis et c'est finalement un peu grâce à lui. Nous n'étions pas sur le même chemin de vie et il l'avait compris avant moi.

Il part en me disant que ça lui a vraiment fait plaisir de passer ce moment ensemble et qu'il espère me revoir de temps en temps si je le veux bien. Et, pour une fois depuis bien longtemps, j'ai confiance en ce qu'il me dit. Je sais qu'il dit la vérité. Je lui réponds que le plaisir est partagé et que je suis d'accord pour le revoir l'année prochaine. Nous rions et je referme la porte en ayant la conviction que ma vie ne sera plus jamais la même.

Voilà une raison qui me pousse à penser que la vie est vraiment pleine de surprises. Je remonte chez moi, tout est d'un coup très silencieux. Je me retrouve, une fois de plus seule, avec toutes mes questions en tête. Mon petit Moi en profite pour s'immiscer dans ma tête.

« Bien, tu as réglé un dégât qui devenait collatéral pour toi. Mais il te reste du chemin avant de régler le reste, ma petite, j'espère que tu as assez de patience et de force pour continuer. »

Il va falloir que je rebondisse sur tout le reste maintenant, c'est vrai. C'est une petite victoire, mais il a raison, ça ne veut pas dire que j'ai gagné.

Je me rends compte que, depuis le jour où il m'a fait comprendre qu'il fallait que je me barre de mon faux balcon, il ne se passe pas une semaine sans que quelque chose de nouveau m'arrive. Il m'a laissée durant des mois m'apitoyer sur mon balcon, il m'a écoutée, sonnée, puis il m'a donné un coup de pied au cul que je n'oublierai pas. Il m'a donné la force d'affronter la vie, de la surmonter, de la vivre. Je comprends à force ces fameuses étapes jusqu'à l'acceptation. Aujourd'hui, je peux le dire, j'ai accepté la tournure triste qu'a prise cette histoire d'amour. Mais j'ai encore un long trajet avant d'accepter la mort.

J'ai beau tourner les situations dans tous les sens, honnêtement, je ne comprends pas. J'aimerais pouvoir parler de « Mon petit moi m'a dit » à quelqu'un, mais je me bloque à penser que si j'en parle, tout va s'arrêter. Tu n'as jamais eu ce genre de ressenti, toi ? Celui de te dire que si tu fais ou dis quelque chose, il va t'arriver une merde ? Je ne sais pas si nos craintes proviennent uniquement de nos expériences personnelles passées ou si c'est dans notre cerveau qu'il y a un truc qui ne fonctionne pas comme les autres. Entre nous, j'ai la certitude que le mien a une façon particulière de fonctionner... Par exemple, j'en suis au point où lorsque je fais tomber un objet par terre, je n'ai même pas le temps de le voir toucher le sol que mon cerveau est déjà en train d'analyser les potentiels risques/dangers qu'une personne peut encourir en le ramassant à ma place. Alors, pour ne pas que cette personne (qui provient uniquement de mon imaginaire, on est bien d'accord) se coince le dos en voulant ramasser ce que j'ai fait tomber, je le ramasse. Je suis toujours dans l'excès, je sais.

Il faut vraiment que j'accélère, sinon je serai en retard à ma soirée. On sera minimum 40, ça annonce la couleur. Et vu la bande de zozos qui m'accompagne, autant te dire qu'on ne va pas pleurer.

22 heures, j'arrive sur place, j'ai comme l'impression qu'on est le double de ce qui était prévu. Ça permettra de faire de nouvelles rencontres, en espérant que ce ne soit pas des petits Moi salauds. Pour le bien de l'humanité et pour mon bien-être à moi, s'il vous plaît, faites qu'ils soient gentils. Dans toutes les soirées, généralement, il y a plusieurs types de mec :

Le dragueur hyper relou branché : « Salut ma mignonne » - « T'es charmante », ça honnêtement, les gars, faut arrêter. Sans déconner, depuis mes 12 ans, on vous répète que c'est ridicule de faire ça et qu'à part nous faire fuir ça ne fait pas grand-chose. Moi, je mets ça dans la même catégorie que les bottes blanches. On n'en veut plus ! Abolition.

Ensuite, tu rencontres obligatoirement le cul nu de la soirée. Alors celui-là, si tu ne l'as jamais vu c'est qu'il n'y avait pas d'alcool à tes soirées. Il n'y a pas d'autres possibilités. Ce mec-là, d'une il n'arrive plus trop à s'exprimer du coup il gueule comme un crevard – et ça, c'est le truc où je me dis que je n'aimerais pas être dans sa bouche tant la pâteuse doit macérer – et ensuite il se dit « Tiens ! Et si je montrais à TOUT LE MONDE ce que j'ai dans le pantalon ? ». Cette pensée, bien qu'inutile, ne met pas plus de 10 secondes pour être mise en pratique au grand regret de mes pauvres yeux qui assistent, impuissants, au spectacle et qui donne à ma bouche une correcte envie de gerber. Bon, déjà, si j'arrive à ne pas croiser ces deux-là en début de soirée, je peux encore m'en sortir. Mais le double de 40 personnes me fait penser que ces mecs-là seront en doublon eux aussi. Et là, ça s'annonce plus compliqué. Ah ! J'allais oublier ! Il existe aussi le torse nu ! Celui qui croit que toutes les filles vont frétiller à la vue de son beau torse musclé. Là encore, bien que nos yeux prennent

– quand c'est beau – du plaisir à regarder, il n'en reste pas moins que, pour nous, vous représentez la pire des espèces. Le gros chaud lapin par excellence. Le cul nu, lui, on peut encore le pardonner parce que, souvent, soit c'est un footeux, soit un rugbyman – je veux dire par là que, dans les vestiaires, il paraît qu'ils ont l'habitude avec leur histoire de savonnette. Mais, vous, les torses nus à 3 heures du matin alors qu'il fait - 12°C dehors, vous êtes inexcusables. On sait tout de suite ce que vous cherchez et c'est aussi ce qui fait que vous ne trouvez jamais. Alors un conseil pour les prochaines soirées : mettez un pull.

Puis, enfin, tu as le bon copain qui te fait rire et lui, en général, c'est notre préféré. Celui-là, je dois avouer que je l'ai souvent rencontré, il a fallu passer par toutes les autres étapes avant – pas facile –, mais, quand tu le trouves enfin, tu sais que tu as gagné ta soirée.

J'ai bien dû passer dix minutes à dire bonjour avant de retrouver les filles. J'ai tellement hâte de leur raconter ce qui vient de se passer que je fais mine de ne pas voir certaines personnes pour gagner du temps. Je les croiserai bien durant la nuit.

« Je ne vous ai pas dit ! »

Ça, c'est LA phrase qu'on sort quand on a un truc important à raconter. On sait pertinemment que quand cette phrase fait son entrée, il faut se taire et écouter.

Alors j'ai commencé par ça et j'ai attendu les « Ooooh ! Vas-y raconte ! » qui ne se sont pas fait attendre. Alors j'ai commencé à raconter l'histoire, les filles étaient suspendues à mes lèvres, elles buvaient mes paroles et je sentais qu'elles avaient déjà beaucoup trop de questions à me poser. Je m'apprêtais à dévoiler la suite de l'histoire quand j'ai senti une main se poser sur mon épaule. Je me retourne et tombe nez à nez avec Tom. Mon histoire s'arrête net.

« Toi ici ?! En voilà une surprise ! lui dis-je.

— Oui, en effet, le monde est petit ! Ça va depuis tout à l'heure où tu es partie comme une voleuse ? me dit-il avec son sourire narquois aux lèvres.

— Oui, désolée, j'étais vraiment pressée, je n'avais pas vu l'heure. »

Je commence à devenir pro dans le domaine des excuses bidon.

Je me retourne vers les filles qui regardent la scène d'un air accusateur.

« Tu ne nous présentes pas ? demande Sarah.

— Oh si, bien sûr, c'est Tom, on s'est rencontrés dans un bar, il y a quelques jours. »

Merde. Je suis dans la panade.

Sarah se penche vers moi et me dit doucement :

« Je vois que tu es une petite cachottière. »

Elle pouffe de rire rien qu'à l'idée de me savoir gênée. De mon plus bel aplomb, je lui rétorque que les secrets les mieux gardés sont les meilleurs. J'ajoute le petit clin d'œil qui va bien.

« Là, je te reconnais bien ! Plus de questions, promis ! me dit-elle.

— Épelle-le ! lui demandé-je.

— P.R.O.N.I.S. »

Elle me regarde avec ses yeux de fripouille.

« T'es chiante ! lui réponds-je.

— P.R.O.M.I.S, c'est mieux ? »

Elle sourit bêtement.

« C'est mieux, oui ! Charogne ! » lui susurré-je.

« Promis », c'est encore quelque chose d'important dans ma vie. En fait, lorsque nous étions petites, ma sœur et moi, nous avions instauré cette règle. Je pense que nous avions tellement l'habitude de raconter des conneries que c'était devenu comme l'histoire du petit garçon qui crie au loup. Nous ne savions plus quand l'autre disait la vérité. Alors, nous avons inventé ce « promis ». Si je demandais « comment tu l'écris ? » et qu'elle l'épelait sans faute, c'est qu'elle disait la vérité. Si elle disait un mensonge, elle disait « p.r.o.m.i » par exemple. C'était d'ailleurs pour ça que je lui faisais répéter au moins deux fois pour être sûre d'avoir bien entendu. Ce seul mot est devenu mon gage de confiance et les personnes qui m'entourent l'ont bien compris et respectent la règle.

Quand je me retourne, Tom n'est déjà plus dans mon champ de vision. Parfait, je vais pouvoir finir mon histoire.

« Tu ne vas pas t'en tirer comme ça, toi ! C'était qui ce beau mâle ?! me demande si légèrement Madi.

— Oui, oui, oui, on veut tout savoir ! » rétorque Mila.

J'ai ce fichu sourire niais qui revient.

« Oui, bon... Je l'ai rencontré dans un bar il y a quelques jours, il s'appelle Tom, c'était le serveur et il se trouve qu'il m'a écrit et qu'on a eu un premier rendez-vous, qu'on s'entend plutôt bien, voilà. » leur réponds-je.

Je sens leurs regards choqués à la limite de la vexation, mais, en même temps, j'arrive à voir par leurs traits de visage qu'elles ne peuvent pas s'empêcher d'être contentes pour moi. Je vous avoue que ça me rassure un peu.

« Ah, mais carrément quoi... un rendez-vous ? »

Madi est outrée, je le savais, c'est la plus susceptible de toutes mais ça la rend hyper attachante.

« Tu sais, ce n'était pas non plus folichon, ça n'a même pas duré une heure et c'était en plein après-midi à son travail. »

Je me défends comme je peux.

« C'est un rendez-vous quand même ! T'abuses de ne pas nous l'avoir dit ! »

Madi est vraiment vexée pour le coup, mais, heureusement, je peux compter sur Sarah pour détendre un peu le jeu – je sais, on dit « calmer le jeu » mais j'écris ce que je veux.

« Ça va, Madinou, détends-toi ! Tout le monde a le droit à ses petits secrets ! En tout cas, à première vue, il a l'air pas mal, ce petit Tom !

— Oui, il l'est ! Mais je ne veux rien précipiter, je le connais à peine et c'est pour ça que je ne vous en ai pas parlé. Je vous connais, vous ne m'auriez pas lâché la grappe ! leur dis-je en rigolant.

— Bon, ce n'est pas tout, mais, moi, je veux savoir la suite de l'histoire ! C'était qui devant la porte alors ? reprend Tarra qui, depuis le début, reste spectatrice de toute la scène.

— Vous me croyez si je vous dis que c'était Léo ?

— Noooon ! chantent-elles en chœur.

— Qu'est-ce qu'il voulait ? Raconte ! » hurle Cali.

Alors j'ai tout expliqué en essayant au mieux de répéter mot pour mot ce que nous nous étions dit.

« C'est dingue ! Et tu comptes le revoir alors ? me demande Tarra.

— Je ne sais pas, ça m'a fait quelque chose de le revoir, c'est indéniable, mais j'ai tellement eu de mal à m'en défaire que je ne veux plus risquer qu'il m'atteigne, leur réponds-je.

— Tu as raison, ma biche, faut pas ravaler son vomi, c'est un coup à avoir la chiasse », s'exclame Sarah.

Quand je vous dis que leurs mots sont bruts, ce n'est pas pour rien.

« De toute façon, je ne suis pas prête à le revoir, il me réécrira que dans 8 mois, quand il n'aura rien d'autre à faire. »

Je leur dis avec un petit goût d'amertume dans la bouche.

Je sens leurs regards de compassion se tourner vers moi.

« Tu sais, on comprendrait quand même si tu devais le revoir. On sait à quel point il a compté pour toi. Tant que tu es heureuse, nous, ça nous va. », me dit Madi.

Avant de sentir la vague d'émotions s'engouffrer en moi, je dirige mon regard vers la buvette.

« Et si on se prenait une bière ? leur proposé-je.

— Que la soirée commence ! » s'exclame Mila.

Et c'est comme ça que nous nous sommes retrouvées accoudées au bar. Après quelques verres, je me suis surprise à danser avec le torse nu de la soirée – sur une musique de rock –, calme-toi. Je décide d'aller m'abreuver, quand une main dépose un verre devant moi. J'analyse la boisson et je lève la tête. Tom est là, derrière le comptoir avec ce même sourire niais que j'ai quand je pense à lui.

« Je crois que ton verre avait besoin d'être rempli, me dit-il en gardant ce sourire.

— Décidément, tu es toujours derrière un comptoir, lui réponds-je en le lui rendant.

— C'est vrai que, jusqu'à présent, tu n'as pas encore eu l'occasion de me voir de l'autre côté, mais si tu insistes pour aller boire un verre dans la semaine dans un endroit neutre, je ne vais pas te dire non », me rétorque-t-il.

J'adore ! Il a la répartie qu'il faut, je pourrais discuter et le charrier durant des heures.

« En effet, j'insiste ! Et ce sera ma tournée, lui réponds-je.

— Parfait ! Je prends note, je trouverai bien une petite place dans mon emploi du temps hyper chargé, me dit-il.

— Je crois que nous nous étions mis d'accord pour mardi soir, non ? lui demandé-je.

— Tu croyais vraiment que j'allais oublier un truc pareil ?

— Il y a plutôt intérêt ouais, sinon, la tournée, tu sais où tu pourras te la mettre...

— Hum... J'aimerais bien voir ça !

— Au fait, je ne t'ai pas demandé, mais comment se fait-il que tu sois ici ce soir, toi ?

— Ah, alors Guillaume, c'est le mec qui organise la soirée ? Je suis l'invité d'un invité lui-même invité par un invité... me répond-il.

— Ça fait beaucoup d'invités, l'affaire ! J'espère au moins que tu n'es pas déçu de l'invitation », lui dis-je.

Et nous avons continué à discuter de plus belle jusqu'au bout de la nuit.

Dimanche matin, 11h30. Le réveil est difficile. On a fini tard, ou tôt, tout dépend de là où tu préfères te situer. Je prends mon petit-déjeuner tranquillement et j'allume mon téléphone. Plusieurs notifications apparaissent. Des identifications sur des photos, des demandes d'ajout d'amis qui, bien souvent, n'en sont pas, tout un tas de conneries dans le genre et puis au milieu un message d'un numéro que je ne connais pas. « Il serait temps de réfléchir. TPM. » Il a disparu aussi vite qu'il s'est affiché. Je ne le retrouve plus, comme si je ne l'avais jamais reçu. Je n'ai même pas eu le temps de mémoriser le numéro qui s'y rattache. TPM, j'ai beau me creuser le cerveau, je ne connais personne qui porte ces initiales. Je pose mon téléphone avant de m'énerver trop dessus et de risquer de le casser. Je m'allonge, je ferme les yeux et je respire un bon coup. J'ai comme des flashs qui débarquent, de brèves images qui m'interpellent rapidement, car ce sont celles de la veille. Et, comme à mon habitude débile mais apparemment nécessaire, je me lève et je me dirige vers mon faux balcon. À quel moment devrais-je continuer à faire ma petite vie tranquille comme s'il ne s'était jamais rien passé ? Je me rends compte qu'il se passe des choses absolument hallucinantes dont je fais abstraction depuis le début. Je conçois que c'est là, sur le coup, mais je continue à mener mon train-train quotidien comme si rien ne le perturbait. C'est marrant, car, du plus loin que je me souvienne, j'ai toujours eu tendance à me poser trop de questions, à chercher des explications à tout. Je suis même tellement curieuse que ça m'a très souvent porté préjudice. Et là, maintenant que j'ai l'opportunité de me creuser le crâne pour quelque chose d'intéressant qui ne touche que moi, j'en fais abstraction. Tu veux que je te dise vraiment ? C'est la première fois que je me sens aussi bien. Il y a quelques semaines en arrière, je faisais partie de ces personnes qui pensent que leur vie est un désastre. Mes pensées étaient sans cesse négatives, j'avais l'impression que jamais je n'arriverais à aller mieux.

J'ai subi, j'ai réellement subi ce deuil. Une asphyxie. Un arrêt de vie. Une peine de mort que je me suis moi-même infligée. Je crois même m'être contentée dans ma tristesse. Je me suis donné le droit d'être triste de tout et de me satisfaire de cela. C'était mon histoire à moi, mon malheur à moi, mon deuil à moi. Un moment intime et douloureux, où les tons noir et blanc se disputaient les heures mais où, certaines fois, les nuances de gris donnaient à mon âme une mélancolie plus douce.

Aujourd'hui, je crois que l'on me donne l'opportunité d'accepter cette étape, de clore mon deuil définitivement. Et je commence à comprendre que je ne suis peut-être pas prête à le terminer pour la simple et bonne raison que j'ai peur de mettre un terme à cette seule chose qui me rattache encore à Lui.

Chapitre 6 _ Prends note.

C'est décidé, ce matin, je me lance, j'invite Tom à venir boire un verre à la maison. Sa réponse ne se fait pas attendre, il apportera les bières et, moi, je m'occuperai des amuse-gueules.

19 heures, il sonne à la porte, je suis stressée.

« Tout à fait le genre de déco que je m'étais imaginé ! me dit-il.

— Ça ne me dit pas ce que tu en penses... lui rétorqué-je.

— J'aime beaucoup ! Ça colle bien avec la personnalité que je me fais de toi.

— Voilà quelque chose d'intéressant ! Je t'écoute ! lui déclaré-je d'un ton enjoué.

— Douce et caractérielle à la fois. Un peu enfantin sur les bords, mais avec beaucoup de finesse et de goût ! »

Puis il ajoute :

« Entre nous, j'aime bien Stitch mais je préfère Lilo.

— Ok, tu m'as peut-être cernée bien que je ne sois pas en mesure de dire si ces qualités me correspondent... Mais si tu ne t'aiguilles que sur la décoration, tu risques d'avoir de sacrées surprises ! lui réponds-je.

— Ça tombe bien, j'adore les surprises ! En parlant de ça, c'était chouette de te voir hier soir.

— Grave, c'était une sacrée surprise ! J'espère en avoir d'autres comme celle-ci ! lui dis-je.

— Je suis sûr que maintenant nous allons souvent nous croiser, va ! Au fait, j'ai une question qui me reste en tête depuis le début de notre rencontre... Qu'est-ce que tu as avec cet endroit en face de mon bar ? » me demande-t-il.

Gênance.

« Hum... Je le trouve cool. »

Je ne sais pas trop quoi répondre tant ma gêne est visible.

« Tu sais, je vois de nombreuses personnes entrer dedans et en ressortir plusieurs heures après et tu en fais partie... Qu'est-ce que tu fais tout ce temps à l'intérieur ?

— J'imagine que je ne vois pas le temps passer lorsque j'y vais... Cet endroit me donne l'occasion de me retrouver un peu seule avec moi-même, lui réponds-je.

— Mais comment tu peux te recentrer sur toi avec autant de monde à l'intérieur ? me demande-t-il.

— Je te l'ai déjà dit, il n'y a jamais personne quand j'y vais. »

Il m'agace de ne pas comprendre.

« Écoute, je ne veux pas te donner tort ni te vexer, mais chaque fois que je t'ai vue entrer dedans, j'ai aussi vu d'autres personnes entrer après toi et en ressortir après toi... Et ça, depuis la première fois où tu es venue... Je t'ai remarquée avant même que tu ne viennes dans mon bar, et d'ailleurs, j'ai été content que tu en passes la porte. »

Qu'est-ce qu'il me raconte ?

« Je ne comprends pas ce que tu es en train de me dire là. Tu as dû halluciner, je t'assure que personne, depuis le tout début, n'a été dans cet endroit en même temps que moi, mis à part toi samedi quand tu es venu m'aider. En plus, tu as bien vu qu'il n'y avait personne !

— C'est vrai, ce jour-là il n'y avait personne, je te l'accorde, mais je t'assure que les autres fois il y a bien 5 ou 6 personnes différentes qui sont entrées quand tu y étais. Je ne plaisante pas », me lance-t-il.

— Je ne comprends pas où tu veux en venir ? Tu veux me faire passer pour folle ou je rêve ? lui demandé-je d'un ton agacé.

— Mais non pas du tout... Juste, je me demande ce qu'il se passe là-bas pour qu'autant de monde y mettent les pieds. Moi je ne peux pas m'y rendre à cause de mes horaires , » me répond-il.

Je fais mine d'aller dans la cuisine en espérant très fort que cette conversation va s'arrêter, mais il reprend de plus belle.

« Tu crois que ça peut vouloir dire quoi « Mon petit moi » ?

— Pourquoi me poses-tu cette question ? »

Je me sens mal.

« Ben parce que l'expression c'est « Mon petit doigt m'a dit », alors que l'enseigne c'est « Mon petit moi m'a dit », tu ne t'es jamais demandé pourquoi ? »

Il est curieux en fait.

« Si, bien sûr... C'est peut-être justement pour faire parler...

— Moi je pense que c'est bien plus profond que ça. »

Il est loin d'être bête.

« Qu'est-ce que tu penses, toi ? lui demandé-je étonnée.

— Je verrai bien « le petit moi » comme une voix intérieure, un truc dans le genre, tu vois ? »

Il me scie. Mais ça me plaît, il me paraît ouvert sur beaucoup de choses.

« Je vois exactement ce que tu veux dire et il est vrai que ça m'a traversé l'esprit... Bon et si nous changions de sujet ? Il devient un peu trop redondant, celui-là, tu n'es pas d'accord ? essayé-je d'esquiver un peu.

— C'est vrai qu'on en parle souvent, mais j'avoue que je suis intrigué par cet endroit. Tu m'as refilé ta curiosité... Mais d'accord, changeons de sujet », me répond-il.

Et, de-ci de-là, nous avons dérivé sur tout un tas de conversations aussi intéressantes les unes que les autres. On en est même venus à parler de ses slips. Ne me demande pas comment nous en sommes arrivés là, je ne le sais pas moi-même. Mais, même en parlant de sous-vêtements, il arrive à rendre la chose intéressante, c'est fort.

J'ai rarement eu l'occasion de rencontrer des personnes qui sont capables de te tenir un discours sur n'importe quel sujet avec une aisance pareille. Tom, c'est un peu ce mec-là. Même si ce que je lui dis ne l'intéresse pas forcément, il va écouter et tenir la discussion en maîtrisant naturellement le sujet.

J'ai aimé ce temps passé avec lui. Ça m'a permis de respirer un peu à nouveau. De me sentir jolie dans les yeux de quelqu'un. D'être écoutée, d'être regardée... Même si les yeux qui me regardaient à ce moment-là n'étaient pas ceux que j'espérais au fond... J'ai apprécié timidement.

Ce n'est pas facile de vivre pleinement un instant, lorsque l'esprit et le cœur sont encombrés par autre chose, en l'occurrence, quelqu'un d'autre.

Et c'est là que je me demande comment je vais faire si des sentiments pour Tom apparaissent sans être assez forts pour passer au-dessus de ceux que j'éprouve déjà pour Léo. J'en ai une boule au ventre rien que de l'imaginer...

Encore une semaine placée sous le signe de la crotte de nez et du caca qui fouette. J'adore mon travail et pour rien au monde je ne l'abandonnerai. Beaucoup me demandent comment je fais pour supporter tout un tas de marmots qui gesticulent de gauche à droite toute la journée et qui crient à t'en péter les tympans. Moi, au contraire, je me demande si leur travail est intéressant sans tout cela. Je m'ennuierais tellement sans ces petits monstres qui se carapatent. Ce métier m'apporte beaucoup. C'est grâce à lui que je me lève chaque matin. Dès que je suis avec les enfants, je ne pense à rien, ils me font tout oublier. Leur joie de vivre, leurs mines si joyeuses quand ils me voient me donnent l'envie d'avancer coûte que coûte. Je souhaite cela à tout le monde. C'est un médicament pour moi.

La nuit dernière, j'ai fait un drôle de rêve. Pas le genre de rêve où, quand tu te réveilles, tu te demandes ce que ton cerveau a pu encore inventer. Non, là j'ai plutôt eu l'impression que quelqu'un essayait de me faire comprendre quelque chose. Ce quelqu'un, dans mon rêve, c'était mon Papa. Tu sais, c'est seulement la troisième fois que je rêve de lui. Les fois où c'est arrivé, mes réveils ont été atroces. Ça m'a fait ressortir le manque de lui. Cette fois, ça ne m'a pas fait cet effet. Nous étions dans un hôpital, il était assis en face de moi. Sur la table était posée une feuille sur laquelle il était en train de noter des phrases. Je le regardais écrire, je l'admirais même. Il m'a tendu la feuille et m'a dit : « Voilà ce qui s'est passé, voilà ce qui se passe maintenant, et voilà ce qui va arriver ». J'ai pris la feuille et j'ai commencé à lire. Mes yeux se sont ensuite fixés sur son sourire, ce sourire si détendu, si apaisé, si réconfortant. Il disait tant de choses, ce sourire, qu'il n'avait pas besoin de parler pour que je le comprenne. J'ai continué à le regarder un long moment, comme si j'étais consciente que je n'aurais plus cette chance. J'essayais d'imprimer toutes les parties de son visage par peur de les oublier. Ses sourcils en bazar, son front lisse que les rides n'avaient pas encore atteint ou n'avaient simplement pas eu le temps... J'ai voulu prendre le maximum. En silence.

Lorsque je me suis réveillée, cette fois-ci, j'étais heureuse, comme ressourcée. Le seul et grand hic, c'est qu'il m'a été impossible de me rappeler ce qu'il avait écrit dans chacun des paragraphes, seulement les titres : ce qui s'est passé, ce qui se passe maintenant, ce qui va arriver.

Je décide de me secouer. Ça suffit de faire la planche à attendre que la vie passe. Demain, je retournerai à « Mon petit moi m'a dit » et, cette fois, j'essaierai de ne pas avoir peur.

En attendant, j'ai une soirée qui m'attend avec mon petit frère et ma belle-mère, c'est toujours des moments que j'affectionne, car nous ne prenons pas assez le temps pour nous voir, chacun a sa vie avec de nombreuses choses à faire et le temps, lui, tourne toujours et avance... Alors, lorsque j'ai l'occasion de les voir, forcément nous avons plein de choses à nous dire et puis ça me permet de me chamailler un peu avec mon petit frère. Ça a toujours fait rire ma belle-mère de nous voir faire. On est bien trop contents de se voir, mais, au bout de 30 minutes, c'est n'importe quoi, on est obligés de se « disputer » même si le mot « chamailler » correspond plus. Mais c'est notre façon à nous de nous aimer, lui et moi. C'est dur d'avoir un rôle de grande sœur avec lui, déjà il m'appelle « petite sœur », parce qu'il est bien plus grand que moi en taille, mais aussi car c'est un jeune garçon qui aime se débrouiller seul, qui ne fait pas trop part de ses émotions et qui, depuis le départ de Papa, a pris le rôle d'homme. À 15 ans, il est devenu mature rapidement, car il devenait l'homme de la maison. Il a très bien joué ce rôle, même si (et je ne lui ai jamais dit) je pense que ça lui a détruit une bonne partie de son adolescence... Il est fort, tu sais, il m'impressionne. Ce n'est pas quelque chose que j'ai eu l'occasion de lui dire, car les mots m'ont souvent manqué bizarrement. Mais il est balaise, mon petit frère. Et tu sais quoi ? Il n'a jamais cessé d'être un petit frère câlin et, ça, tu n'imagines même pas comme c'est trop bien.

Avec ma belle-mère, nous aimons nous remémorer les moments avec Papa, même si à chaque fois nous pleurons à chaudes larmes, ça fait du bien de pleurer avec quelqu'un... Nous pleurons la même personne... et nous essayons souvent de comprendre pourquoi il n'a rien dit. Tout ce que nous savons, toutes les deux, c'est que mes petit et grand frères ont pris la force et le courage de mon Papa.

Il est 10 heures lorsque j'arrive à Chas. Quelle est ma surprise lorsque je pousse la porte ! Tom est là, assis à une table, seul. Je m'approche tout doucement, il ne prend même pas la peine de se retourner.

« Je savais que tu viendrais, me dit-il.

— Qu'est-ce que tu fais ici ? lui demandé-je.

— Je t'ai dit, tu m'as refilé ta curiosité. Viens t'asseoir, il y a une place là. »

Il y a de la place partout, mais bon, étant donné qu'il m'indique la table où je m'assieds d'habitude, je ne bronche pas.

« Je peux te poser une question ? me demande-t-il.

— Oui, bien sûr, lui réponds-je.

— Est-ce que tu vas bien ? »

Je ne suis pas sûre de comprendre où il veut en venir.

« Oui pourquoi ? lui demandé-je.

— Non, je veux dire, est-ce que tu vas vraiment bien ? me redemande-t-il.

— Pourquoi me poses-tu cette question ?

— Je te demande juste de me répondre sincèrement. »

Pour tout avouer, je ne sais pas comment je me sens. Sa question me stresse. Ça fait tellement longtemps que je me demande comment je vais vraiment et que je n'arrive pas à le savoir.

Il se passe une longue minute avant que je lui donne une réponse.

« Je ne sais pas.

— Alors, dans ce cas, reste un peu ici, je crois que tu n'es pas tombée sur cet endroit par hasard. On se voit tout à l'heure. »

Il me caresse la tête et s'en va.

Sa façon de me caresser la tête m'a littéralement raidie. Mon papa me caressait la tête de cette manière. C'était sa façon de me dire qu'il m'aimait. Il parlait peu, tout était dans la gestuelle. Je n'ai pas réussi à parler tant cette sensation familière m'a bloquée. Je commence à me poser de sérieuses questions sur Tom. Et s'il connaissait mieux cet endroit qu'il ne le prétend ?

Je sens un grand courant d'air froid glisser le long de mes jambes, je sursaute. Je me lève et me décale rapidement vers la droite où je remarque une table que je n'avais jusque-là jamais vue. Je peux voir une boule de papier au pied de celle-ci. Je la ramasse et ma curiosité m'incite à la déplier pour voir ce qu'il y a dessus. En même temps, je me dis que peut-être je vais enfin savoir ce que les gens viennent faire ici, si toutefois c'est un prospectus. Je prends le temps de déplier cette boule bien abîmée. J'y vais doucement, car la personne, qui l'a froissée, n'y est pas allée de main morte. J'arrive enfin au bout d'un long démêlage, qui aurait pu déchirer la feuille un paquet de fois. Je peux enfin lire et, là, c'est la douche froide. Ce qui est écrit dessus me terrifie. Je m'assieds net sur ma chaise et j'écarquille les yeux de façon à être sûre de ce que je suis en train de lire.

« Ce qui s'est passé, ce qui se passe maintenant, ce qui va se passer. »

C'était un rêve, ce n'est pas possible que ça se passe dans le réel. Je délire grave là. Pourtant, je le tiens, ce fichu papier. Il est bien là, froissé, dans mes mains, à être lu par mes yeux. C'est incroyable. Je le retourne, en bas à gauche de la feuille, il est écrit en tout petit « T.P.M ». Ma tête entre mes mains, j'essaie de reprendre mes esprits. Ce qui est en train de se passer là dépasse de loin tout ce que j'ai pu imaginer depuis mon enfance. Les contes de fées sont définitivement démodés. Les Disney, c'est devenu de la gnognotte en un claquement de doigts. Aladdin peut replier son tapis et Cendrillon se mettre sa chaussure de verre bien profond. Je suis dans la vraie vie et je suis face à une incohérence des plus hallucinantes. Et le pire c'est que personne, absolument personne à part moi, ne peut être témoin de ce qui est en train de se passer. Et que même si je racontais cela à qui que ce soit, on me dirait que je délire complètement.

Je relève ma tête tout doucement et, devant moi, sur la table se trouve maintenant un stylo. Tu sais quoi ? Ça fait un peu trop pour moi, je me casse en face voir Tom. Après tout « T.P.M. », c'est peut-être lui !

« Ça t'amuse de me faire peur ?! lui dis-je d'un ton sec.

— De quoi tu parles ? »

Il a l'air surpris.

« Le papier par terre et le stylo ! Et ta signature à la con là, « T.P.M. » ! D'abord un texto et ensuite un morceau de papier ?! Ce sera quoi la prochaine fois, un tag sur le mur de mon appart ?! lui déballé-je tout, la colère étant trop présente.

— Je ne comprends rien à ce que tu dis, sérieux arrête ! Et puis ne viens pas me taper une scène comme ça à mon taff. Sors, s'il te plaît. » me répond-il.

À ces mots, je me sens honteuse.

Alors je me contiens du mieux que je peux et j'essaie de m'ouvrir au fait que, d'accord, il a vraiment l'air de ne pas savoir de quoi je parle, que tout ça est une fois de plus hyper bizarre. Alors je baisse la tête, je m'excuse tout doucement, je tourne vite les talons et je repars en face. Je me calme un bon coup, et je me mets à réfléchir. « TPM », qui est-ce si ce n'est pas Tom ? Est-ce qu'éventuellement je peux imaginer que ce n'est pas explicable ? Que c'est une aide que l'on m'envoie sans que cela ne puisse être expliqué simplement ? Je sais, c'est complètement dingue ce que je dis, mais si tu me prends pour une folle alors arrête de lire maintenant et passe à un autre livre. Parce que c'est loin d'être fini.

Je m'installe sur la chaise, fixe ces miroirs gigantesques, qui me donneraient presque la nausée des fois. Et je me concentre sur ma respiration. Depuis quelque temps, je me suis mise à la méditation, je travaille ma respiration pour décontracter mes muscles qui sont bien trop souvent crispés. J'inspire profondément, je bloque 2 secondes, et j'expire fort. Et je recommence cette méthode plusieurs fois, jusqu'à ce que je sente que mon corps et mon esprit sont détendus. En général, soit je prends l'aide de quelqu'un en vidéo qui fait une méditation guidée, soit je mets simplement de la musique méditative pour que ça m'emporte. Bien souvent, si je fais ça le soir, tu peux être sûr qu'en 5 minutes j'ai déjà la bouche ouverte à faire des bulles. Je me réveille 2 heures après pour éteindre mon téléphone qui a déjà passé tout le répertoire méditation qu'il avait enregistré.

Bon, du coup, me voilà en train d'exercer comme je peux un petit temps méditatif pour me recentrer face aux événements un peu trop curieux pour moi.

Je reprends ce papier en main, et je souffle un bon coup pour finir de me détendre.

Je remarque que, entre chaque titre, il y a assez de place pour écrire un grand paragraphe. Je comprends que c'est à moi de les écrire. Dans mon rêve, c'est mon papa qui écrivait et je ne me souviens vraiment pas de ce qu'il avait noté. Je sais que c'était important, je sais qu'il me disait tout et qu'il fallait que je retienne. Mais, à ce moment-là, j'avais préféré le regarder, lui. Et je ne regrette pas. Je reste passive quelques minutes devant cette feuille. Jusqu'à ce qu'un papillon vienne se poser dessus. Étonnée, par réflexe, je lève la tête, comme si ça allait m'aider à savoir d'où il venait. Pour la petite histoire, le papillon a une grande signification pour moi, je te l'expliquerai dans les prochaines pages pour que tu comprennes tout son sens.

Je l'observe, je souris, je n'ose pas bouger de peur de le brusquer. Ses couleurs sont étonnantes, je ne saurais même pas te les décrire tant elles sont spéciales. Je crois même ne les avoir jamais vues de mon vivant. C'est incroyable. Au moment où je reprends mon stylo pour noter, le papillon prend son envol, je le suis des yeux et il part se poser sur le lustre, deux tables derrière moi.

« Ce qui s'est passé »

Cancer – Chimiothérapie – Scanner – Immunothérapie – Nodules – Gorge – Poumon – Foie - Généralisé - Petite bête a mangé la grosse – Mort.

Pour une fois, les mots sont plus faciles qu'une phrase.

« Ce qui se passe maintenant »

Néant – Vide – Tristesse – Pleurs – Cauchemar – DEUIL.

« Ce qui va se passer »

... ? ...

Voilà le résumé de ce qui m'arrive en premier en tête.

Et voici ce que j'ai vraiment écrit.

« Ce qui s'est passé »

La petite bête a grossi, elle s'est trop goinfrée et a fini par faire des enfants. Ensemble, ils ont mangé Papa.

Papa a été courageux.

« Ce qui se passe maintenant »

Papa est parti, mais les petites bêtes sont toujours là et font du mal à beaucoup de gens. J'essaie de sourire chaque jour, même si j'ai envie de pleurer. Je subis. J'ai mal. Il me manque. J'essaie d'être courageuse.

« Ce qui va se passer »

Quel genre de fin pourrais-je donner à cette histoire ? Il y en a déjà eu une. Je reste béate devant ce bout de papier. Que va-t-il se passer ? Comment pourrais-je le savoir ? Si j'invente un futur heureux, est-ce que la tendance va pouvoir s'inverser ? Si, dans ce récit, je raconte que la petite bête a été tuée, que mon Papa a été plus fort qu'elle et que c'est lui qui l'a mangée, fera-t-il à nouveau partie de mon futur ?

Je ne peux rien changer au passé, mais peut-être que je peux me créer un meilleur avenir. Je crois que j'en ai envie, mais je n'ai pas les outils pour me lancer. Et je crois également que la vie me pousse à le faire. Je ne suis pas seule. Mon étoile est là, quelque part autour de moi et je ferai tout pour la faire briller à nouveau.

Mon téléphone sonne et me sort de mes pensées. Maman, tu as toujours le chic pour m'appeler quand je suis ici. Je décroche et reste bien 15 minutes au bout du fil. 15 minutes qui me font un bien fou, des minutes qui brisent ce silence dans lequel je planais depuis mon arrivée. 15 minutes de sa voix douce qui rassure, qui apaise et qui a juste envie de savoir comment je vais. J'aimerais tout te dire, Maman… Mais, une fois de plus, je lui dis que tout va bien, j'invente un café avec les filles, histoire que tout paraisse normal. Elle me dit de leur passer le bonjour, alors je m'exécute et fais comme si elles aussi le lui passaient. Elle finit par raccrocher et me laisse à nouveau dans le silence assourdissant qui englobe cette pièce. Maman, si tu savais comme je vais mal. Et je me mets à pleurer à chaudes larmes sans arriver à m'arrêter. La tête dans les bras, je vide les dernières larmes et je reprends un souffle plus posé.

Je pose les yeux sur la feuille devant moi, et je me rends compte que son aspect a changé. Elle n'est plus du tout froissée et paraît même sortie d'une imprimerie. Mon étonnement est tel que je l'exprime d'un fort « OH ! », puis, je ne sais pourquoi, je me mets à éclater de rire. Une crise de rire comme j'en ai rarement fait. Je crois que le surplus de choses bizarres m'a eue. Je la prends dans les mains afin de l'examiner. C'est bien mon écriture qui se trouve dessus, c'est donc bien la même feuille, elle est juste complètement lisse, impeccable.

C'est peut-être le signe d'une nouvelle page qui commence.

Chapitre 7 _ Les choses qu'on ne s'est pas dites.

Jeudi. J'ai reçu un message de Léo, il veut me voir. Je n'aurais jamais pensé qu'il veuille me revoir si vite. D'habitude, c'est plutôt le genre à faire le mort et à m'éviter lorsqu'il me croise. C'est vrai que la dernière fois qu'on s'est vus, c'était différent, mais il m'a tellement habitué à faire comme si je n'existais pas que, pour le coup, j'ai beaucoup de mal à croire que ça se passe autrement maintenant.

Mon cœur bat un petit peu la chamade quand même – je n'ai pas envie de te mentir, bien sûr qu'elle continue de me faire tourner en bourrique cette relation. Les sentiments ne partent pas si vite. Alors je souris un peu, parce que je ne vais pas te cacher que ça me fait plaisir.

Là, c'est le moment où je me demande si c'est une bonne idée de le revoir, tout en sachant que ça n'en est pas une. Bien sûr que c'est la dernière chose que je devrais faire. Mais je suis toujours du genre à aller là où il ne faut pas. Je suis vraiment chiante. Alors je lui réponds ce que je ne devrais pas lui répondre : « On se voit ce soir ». C'est cette envie irrésistible de savoir ce qui lui passe par la tête qui me démange.

En cherchant mon briquet dans mon sac, je tombe sur la feuille de « Mon petit moi m'a dit », je m'assieds et la relis. La partie « ce qui va se passer » est toujours aussi vide. Je décide de poser ce papier sur ma table de nuit afin de l'avoir toujours sous les yeux le soir et de ne jamais oublier de le remplir. Je le ferai, le jour où je sentirai qu'il sera temps.

Je me dirige sur mon faux balcon, j'allume une cigarette et je pars dans mes pensées.

« Il va te prendre pour une imbécile et, une fois de plus, tu vas tomber dedans. »

Ça y est, c'est parti, mon petit Moi débarque avec ses remarques ultra relous.

« Tu ne vas pas commencer ! C'est juste pour boire un verre et parler de nos vies ! lui réponds-je.

— Et s'il venait à vouloir t'embrasser ? Tu vas peut-être me dire que tu vas le renvoyer chier ?

— Je ne sais pas... Peut-être que je n'en aurai pas envie, puis on n'en est pas là encore, lui dis-je.

— D'accord... et quand vas-tu te décider à avancer dans ta vie ? Tu comptes faire que des marches arrière et vivre dans le passé ? »

Bim. Le point faible est touché.

« Laisse-moi vivre où je veux. »

Il m'a vexée.

« On te donne l'occasion de refaire les mêmes erreurs et, toi, tu sautes en plein dedans, ce n'est pas croyable ! Ce que tu peux être faible. »

Je ne me bats plus contre lui. Il a raison. Je n'évoluerai jamais en refaisant les mêmes erreurs. Le souci, c'est que, tout de suite, j'ai besoin de répondre à mes besoins et, là, ils consistent à savoir ce que

Léo cherche. Je ne peux pas l'expliquer, c'est plus fort que moi, je l'ai dans la peau, ce type.

Il est 19 heures et Léo va arriver d'une minute à l'autre. Je suis stressée, car je n'ai aucune idée de comment va se dérouler la soirée. Je n'arrête pas de penser à Tom et je me dis que ça aurait été tellement plus facile d'être amoureuse de lui, la situation aurait été claire et je n'aurais même pas eu l'envie de m'attarder sur les intentions de Léo. Mais la vie, c'est aussi ça, des difficultés qu'il faut savoir gérer et peut-être que je ne les gère pas comme il faudrait. Ce n'est certainement pas la meilleure façon de procéder, mais c'est celle que je veux tenter. Je ne veux pas me tromper, pas me dire que je passe à côté de l'amour de ma vie comme j'ai toujours pensé qu'il l'était. Un an et demi que je n'arrive pas à le sortir de ma tête, que mon cœur s'essouffle lorsque je croise son regard, que je me demande ce qu'il fait, avec qui il est et comment il vit cette année sans moi. Tu comprends ? Est-ce que quelqu'un peut comprendre ça ? Je me risque à reprendre la baffe du siècle et j'en suis pleinement consciente. J'espère juste qu'elle ne sera pas aussi forte que la première.

Ding-dong. Allez, c'est parti.

Deuxième fois que je le vois sur le pas de ma porte. Deuxième pic au cœur. Deuxième instant d'incertitude face à lui contre des centaines en pensée. Il doit remarquer que je m'efforce de faire comme si rien ne m'atteignait. Mais je n'ai pas d'autres moyens de défense.

Nous sommes là, assis encore une fois aux places que nous avons apparemment l'habitude d'avoir prises. Il me pose beaucoup de questions, il veut savoir ce que je suis devenue, comment je vis, si je vais bien, si je guéris de ce deuil qui nous a séparés. Je réponds à ses questions en me demandant encore ce qu'il veut vraiment. Mais, une fois de plus, je n'en sais rien. Une fois de plus, je ne le comprends pas. Il y a toujours eu ce truc chez lui qui m'interpelle, qui me laisse penser que tout est trop compliqué. J'espérais que ce soit dû à notre petite – quoique peut-être finalement grande – différence d'âge. Mais je pense que c'est simplement sa personnalité et je ne peux rien faire contre cela. Je n'arrive pas à savoir ce qu'il veut et il ne le dira pas. Je ne peux plus courir après quelque chose que je n'aurai certainement jamais. J'aimerais pourtant, j'aimerais vraiment me dire qu'il va enfin parler, qu'il va enfin sortir ce qu'il ressent. Tout serait tellement plus simple.

Il continue de me parler comme s'il avait toujours fait ça, comme si on s'était vus la veille et l'avant-veille et ainsi de suite. Cette impression que cette année et demi de séparation n'avait jamais heurté sa vie, n'avait même pas existé. Jusqu'à cette question :

« Pourquoi ça n'a pas marché, nous deux ? »

Cette question me fait tout drôle. Elle arrive comme ça, au milieu des tomates farcies et de la mie de pain, sans prévenir, sans un appel qui aurait pu la faire venir. C'est vrai que nous n'avons pas eu de vraies explications après notre rupture, du moins, pas constructives. Et voilà que de but en blanc il se met enfin à poser une bonne question.

Le problème, c'est que j'ai peur que ça reparte en cacahuète si on s'explique maintenant. Alors je lui réponds :

« Parce qu'on a été cons. »

En fait, j'ai envie de lui dire que ça n'a pas fonctionné, parce que je n'allais pas bien, le deuil que je portais était bien trop lourd pour laisser la place au bonheur. De son côté, lui vivait les meilleures années de sa vie : l'indépendance, la liberté, la fête... Il vivait dans le bon côté de la vie et je l'enviais beaucoup. J'étais juste incapable de faire pareil à ce moment-là. Alors qu'est-ce qui avait de drôle pour quelqu'un comme lui de se retrouver avec quelqu'un comme moi ? Lui, c'était la pile électrique, le mec heureux de vivre, entouré d'amis proches et d'une famille adorable et unie. Moi, je vivais une étape douloureuse, l'effondrement du château de cartes, la perte de repères, la valse avec la mort, j'étais la petite recroquevillée dans sa tristesse qui passait son temps à pleurer. Même moi je ne me serais pas voulue. Très honnêtement. Il avait tout ce que j'aurais aimé avoir à ce moment-là, mais, surtout, il avait ce que je n'avais plus...

J'aimerais lui dire que je lui en ai voulu de ne pas m'avoir assez aimée pour me garder près de lui. Que je ne valais pas le coup qu'il attende patiemment que j'aille mieux pour vivre pleinement notre histoire. Voilà. Je ne valais pas le coup. S'il savait le nombre de fois où j'avais encore envie de pleurer mais où je m'efforçais de rire pour qu'il me trouve plus intéressante. J'étais détruite. Entièrement détruite lorsqu'il m'a repêchée. Alors, forcément, il fallait du temps, beaucoup de temps pour me réparer. Mais il ne l'avait pas compris. Il n'avait pas évalué l'importance des travaux qu'il fallait faire lorsqu'il m'a trouvée. Moi-même, je n'en mesurais pas l'ampleur. Je ne lui en veux pas, il a essayé. Je pensais que l'amour pouvait tout traverser, mais il arrive que, parfois, même l'amour ne suffise pas. Il m'a permis de comprendre ça. Tu vois, en fin de compte, il m'a permis de comprendre un paquet de choses. Il ne le sait pas, mais, grâce à lui, j'ai beaucoup mûri.

Il me répond que j'ai certainement raison et ne cherche pas plus loin. Il ne cherche jamais plus loin, il est comme ça. Il prend la vie comme elle vient et s'évite les complications. Moi, j'ai plutôt tendance à tout vouloir savoir, mais j'ai appris à me retenir face à lui.

Je vois bien qu'il ne dit pas tout, qu'il y a des tonnes de choses qu'il aimerait me dire, bonnes ou mauvaises, mais il reste de marbre. Alors, après trois heures de discussion, trois heures pendant lesquelles je me suis rendu compte que tout resterait tel quel, que la situation ne changerait pas, je décide de terminer la soirée là, en prétextant la fatigue de la semaine. J'espère, jusqu'à la dernière minute, qu'il me dise « non, je ne pars pas, j'ai des choses à te dire » et qu'il me balance enfin ce qu'il a dans le cœur. Qu'il me dise que, malgré cette séparation, je suis toujours là, dans un coin de sa tête et que rien ne peut me faire partir, qu'il n'a jamais réussi à retomber autant amoureux de quelqu'un qu'il a pu l'être de moi. Qu'il comprend maintenant que lorsque l'on se disait que l'on s'était vraiment bien trouvés, c'était vrai et que ça n'a jamais été aussi vrai qu'aujourd'hui. Que je suis ce petit Moi qu'il lui faut et que même s'il venait à en chercher un autre, ce ne serait jamais aussi fort que nous deux. Qu'il s'ennuie de moi et que je lui manque sans cesse depuis tout ce temps. Tu vois, j'en serais même à me contenter d'un tout autre discours comme celui qui me dit que j'aille me faire foutre avec mon amour, que je le ravale parce qu'il n'en est rien de son côté. Que je ne compte plus pour lui ou, du moins, pas de la façon dont il compte pour moi. Qu'il a eu raison de tout arrêter, parce que ça n'aurait mené nulle part. Qu'il faut que j'arrête de croire que nous sommes faits pour être ensemble, car ce n'est plus ce qu'il pense.

Au moins quelque chose, mais il n'en est rien. Il me dit qu'il comprend – comme à chaque fois – et me donne un bisou sur le front en guise d'au revoir. Je referme la porte, j'ai envie de pleurer toutes ces choses qui n'ont pas été dites, les crier fort, étouffées dans un oreiller pour que, une fois de plus, il n'y ait que moi qui les entende. Parce que je n'ai plus les couilles de les lui dire. Je me résigne à monter l'escalier, lorsque j'entends la sonnette retentir une fois de plus. Je me retourne, interloquée, j'essuie la larme qui commençait doucement son chemin vers ma joue, j'ouvre ma porte. Il est là, la main fixée sur la sonnette, la tête baissée, il ne bouge pas, ne parle pas. Je le regarde d'un air interrogateur et lui demande ce qu'il se passe. Il lève sa tête, me fixe de son regard triste, s'avance doucement et m'enroule dans ses bras. Il me serre fort comme s'il avait peur que je parte. Nous restons comme ça pendant quelques minutes. Je sens son cœur battre fort, il entraîne le mien dans sa cadence. Ma tête contre son épaule. Comme avant. J'aurais pu y rester toute une vie. Puis il s'écarte et tourne les talons tellement vite que je n'ai pas le temps de visualiser son expression de visage. Je ne peux que l'imaginer, et elle me paraît amère. Il démarre sa voiture et me laisse là, complètement bouleversée par ce geste si inattendu. Pour une fois depuis longtemps, je retrouve celui que j'avais rencontré il y a de ça bientôt deux années. Il me manquera.

J'ai besoin de me retrouver un peu et les vacances vont peut-être me permettre de le faire.

J'ai deux semaines pour ça et je compte bien les utiliser pour aller à « Mon petit moi m'a dit » et pour percer, ou essayer du moins, le mystère qui s'y raccroche. Et, d'ailleurs, je pense que je vais commencer par voir Tom, d'abord pour m'excuser de mon comportement de tout à l'heure, mais aussi car je suis sûre qu'il sait bien plus de choses qu'il ne le dit. Et ça tombe bien, mes vacances commencent ce soir et Tom veut que l'on se voie.

Bilan de semaine avant les vacances : un petit m'a demandé si je savais faire un huit avec ma bouche. Tant bien que mal, j'ai essayé de le faire. Je n'ai pas réussi. Il m'a répondu que, dans ce cas, j'étais plus bête qu'une poule, car, elle, elle arrive à faire un œuf avec ses fesses. Pour de vrai, il a dit « cul ». Sans pression. Une autre m'a demandé si c'était, je cite, « un collier ou une bordure d'assiette que j'avais autour du cou », je lui ai alors demandé si, chez elle, ses assiettes avaient la même mosaïque que mon collier – ce qui, quand même, me paraissait la réponse la plus probable à sa question. Mais elle m'a répondu « non, pourquoi ? », alors je n'ai pas cherché plus loin, je lui ai simplement répondu qu'elle n'avait qu'à choisir ce qu'elle préférait que ce soit. Et, aujourd'hui, en passant la poubelle à la table du quatre heures, le petit Thomas (celui qui avait régurgité son repas sur mes nouvelles baskets blanches) a sorti un « caca de nez », comme il me l'a si bien décrit, de sa boîte à goûter, il l'avait rangé là en attendant, pour ne pas avoir à l'étaler sous la chaise ou sous la table. Je me suis dit que, plus tard, il serait maniaque. Mais j'ai adoré ce moment.

Il est 19 heures et Tom vient d'arriver. On sort une petite bière pour trinquer à ces vacances. J'en profite pour lui dire que je me sens mal par rapport à ce matin, que je n'aurais jamais dû réagir comme je l'ai fait et que je m'excuse sincèrement. Il me prend dans ses bras en guise d'acceptation.

« Je vais profiter de mes vacances pour aller à « Mon petit moi », lui dis-je.

— Ah oui ? D'ailleurs, tu peux m'expliquer ce qui s'est passé ce matin ? me demande-t-il.

— Justement, je voulais savoir ce que tu entendais par « Je crois que tu n'es pas tombée ici par hasard » ?

— Eh bien... Peut-être que je connais un peu cet endroit, c'est vrai ... » me répond-il.

J'en étais sûre !

« Est-ce que je peux te demander pourquoi ? »

Il hésite un peu.

« J'en ai eu besoin, moi aussi, il y a de ça quelque temps... Mais, s'il te plaît, ne pose pas plus de questions, il faut que tu restes focus sur ton histoire. On parlera, si tu veux, de la mienne lorsque la tienne sera réglée. »

Je ne saisis pas tout, mais je comprends que c'est important, au vu du ton qu'il emploie.

Nous passons vite à autre chose et la soirée est, une fois de plus, riche en conversations et rigolades. J'aime vraiment passer du temps avec lui, j'oublie tout le reste quand il me parle, c'est incroyable.

Il arriverait à tenir suspendue à ses lèvres toute une assemblée. En attendant, ce sont les miennes qui ont la chance d'y goûter.

« Tu sais, je ne sais pas ce qu'il t'est arrivé et je veux que tu me l'expliques seulement le jour où tu t'en sentiras prête, mais ce que je sais, c'est que je ferai de mon mieux pour reconstruire tout ce qui a été détruit en toi. »

Il m'a soufflé ça à l'oreille, lorsqu'il croyait que je dormais. J'ai eu envie de me retourner et de le serrer fort contre moi.

« Mon petit moi », me revoilà avec mon papier plus du tout froissé et mon stylo. J'emporte tout avec moi, au cas où je pourrais en avoir besoin. Étant donné que les réponses ont l'air de se trouver chez toi, je mets tout en œuvre pour les récolter.

Il fait très froid ici, je sens comme des petits courants d'air glacial se frotter à ma peau. La sensation n'est pas désagréable, mais plutôt étrange. Le changement de température entre dehors et ici est impressionnant. J'ai déjà eu ce genre de sensation sur la peau le lendemain du départ de mon Papa. Et, maintenant que ça m'arrive, tout me renvoie à ce fameux jour d'octobre. Pour que tu comprennes où je veux en venir, écoute bien ce que je vais te raconter. C'est important, c'est le commencement de tout.

Mon Papa s'était définitivement endormi la veille et j'avais dormi chez mon grand frère pour ne pas être toute seule. Le lendemain, je me rendais chez moi afin de récupérer quelques affaires pour la semaine que j'allais passer en famille dans cette maison vide de Papa. Madi m'avait rejointe, même si c'était en coup de vent, afin de me prendre dans ses bras, me montrer qu'elle était là et me donner plein de courage pour ce que j'allais endurer. Nous nous étions assises un moment sur le canapé et nous parlions de toutes ces choses que je venais d'apprendre. Puis, tout à coup, j'avais commencé à sentir de l'air glacial sur ma cuisse, et uniquement sur celle-ci. Je me souviens d'avoir stoppé ma phrase, d'avoir touché ma cuisse, et d'avoir demandé à Madi de poser sa main sur ma cuisse et de me dire ce qu'elle sentait. Tout de suite, Madi avait pris peur, c'était comme un courant d'air qui stagnait sur toute ma cuisse, froid et léger, je dirais même agréable. Je me rappelle avoir dit à Madi de ne pas avoir peur et même d'avoir souri. La première chose à laquelle j'avais pensé à ce moment-là c'était à mon Papa. Cela avait duré un bon moment, l'air restait là et n'allait nulle part ailleurs. C'était comme un courant d'air glacé, mais qui ne bougeait pas. Nous n'en avons plus vraiment reparlé. Puis, il y a quelque temps, j'ai discuté un peu avec ma sœur des papillons, étant donné la possibilité d'imaginer que les papillons sont les âmes des défunts et que cette pensée m'aide chaque jour à sourire, je me suis dit que je pourrais peut-être rendre ce sourire à ma sœur... Je me rappelle qu'elle m'a fait part de certaines choses qui lui étaient arrivées et qui lui avaient paru étranges. Puis, elle s'est mise à me raconter la fois où elle regardait la télé avec son copain et qu'elle avait senti un souffle froid sur le visage, elle avait eu l'impression que quelqu'un était devant elle et soufflait de l'air durant bien quinze minutes. Elle avait tellement été étonnée qu'elle avait demandé à son ami de placer sa main devant son visage. Il l'avait senti et ne comprenait pas d'où il pouvait sortir. À ce moment précis, j'ai sauté de joie en lui disant que c'était trop bien, que Papa était là, quelque part avec nous. J'ai vu dans ses yeux qu'elle a pensé la même chose, elle a souri, ce sourire que je ne voyais plus aussi sincère depuis quelque temps. Il était là, et nous le savions toutes les deux. C'était comme une évidence.

Aujourd'hui, je sais que cet air n'est pas là par hasard. Je le reconnais, cette sensation est tellement particulière que je ne peux pas me tromper. C'est drôle, quelque chose qui devrait normalement me faire peur a un tout autre impact sur moi, il me rassure. Je me sens bien enroulée dans cet air frais sorti de nulle part. Il est partout autour de moi et je peux le sentir. Toute cette énergie qu'il utilise pour me dire « je suis là ! », mais oui tu es là, je le sais maintenant !

Alors je me mets à parler à voix haute.

« C'est toi Papa ? » demandé-je.

L'air froid s'intensifie dans le creux de ma main. Je l'approche près de mon visage et je repose la question.

« Est-ce que c'est toi qui fais ça ? »

L'air se déplace sur ma joue et me donne la sensation d'un bisou qui se dépose. Des frissons parcourent tout mon corps. Comment faire pour établir un contact différent avec lui ?

Au moment où cette question me traverse l'esprit, la feuille que j'avais mise dans ma poche tombe devant moi. Surprise, je la ramasse, jette un œil autour de moi et pars m'installer à cette table qui m'attire sans cesse et qui m'empêche de me diriger vers une autre. Une fois assise, je déplie la feuille et la dispose devant moi. Je ne te cache pas ma surprise quand je remarque que seuls les titres sont écrits. Tout ce que j'avais marqué dans les deux premiers paragraphes a disparu ! À la fois c'est insensé et, en même temps, je vis tellement de choses étonnantes que je relativise en me disant que je dois faire confiance.

« C'est ok... Ce que j'ai écrit n'était pas ce que tu attendais. » dis-je à voix basse.

Alors je tente d'établir le contact avec lui, pour comprendre ce que je dois faire.

« Qu'est-ce que je dois écrire, Papa ? » lui demandé-je.

(Ne crois pas que cette façon de faire me vient naturellement, je suis extrêmement gênée de parler en vérité.)

Je reste silencieuse en attendant une possible réponse et surtout en étant aux aguets de n'importe quel signe qui pourrait s'offrir à moi. Je fixe un peu ma feuille, regarde en face de moi, tourne la tête à droite, à gauche, mais rien ne se passe. Je tente d'écrire à nouveau en changeant les tournures de phrases, mais je n'ai même pas le temps de les terminer qu'elles s'effacent au fur et à mesure devant moi. Sueur, questionnements, tableau des probabilités... Ça, c'est ce qu'il se passe dans ma tête à ce moment précis. Là, je t'avoue que ça dépasse l'entendement. Mais c'est pourtant bien réel. Et tu veux que je te dise le pire dans tout ça ? LA FRUSTRATION. Tu te rends compte ? La chose la plus énorme qui se produit en moi pendant une expérience aussi dingue que ça, c'est d'être frustrée de voir que ce que j'écris s'efface comme si ce n'était pas assez intéressant pour être gardé. Une petite colère se forme dans mon estomac et donne un coup d'accélération à mon rythme cardiaque, la moue se lit sur mon visage. La frustration prend place sans que je lui aie demandé de venir et s'il y a bien une émotion que je ne sais pas contrôler, c'est justement celle-ci. Elle m'empêche de réfléchir correctement et me rend aigrie. Et, à ce moment-là, je m'en veux. Parce que j'imagine toute l'énergie qu'il est en train de gaspiller pour me faire comprendre quelque chose que je ne comprends pas. Et que, moi, au lieu d'essayer de tout faire pour recevoir son message avec gratitude, je me braque, avec débilité. Moi et mon caractère de cochon à la mords-moi le nœud. Il doit peut-être rire de voir à quel point son caractère a déteint sur moi. Voilà une pensée qui me décrispe... C'est peut-être une ouverture qu'il faut que j'emprunte. C'était peut-être vrai, il a ri si fort que je l'ai entendu... Alors je me concentre sur cette feuille et je ferme les yeux en pensant très fort à ce que j'aimerais écrire. Puis, l'image de Léo m'arrive en pleine tête. Et j'ai beau me focaliser sur Papa, c'est Léo qui revient. Bon sang, ce n'est vraiment pas le moment... Faut toujours qu'il soit quelque part dans ma tête, celui-là ! Mais, quand j'ouvre les yeux, son prénom est inscrit en dessous de chacun des titres.

« Tu es en train de me dire que ces titres ne t'ont jamais concerné ? »

Tout reste silencieux.

Allez, cogite un peu, détends-toi, souffle un bon coup.

Ce qui s'est passé :

Léo m'a quittée. J'étais si engloutie par ton absence que je n'ai pas su profiter de sa présence.

Ce qui se passe maintenant :

Je l'attends bêtement.

Ce qui se passera :

Léo ne reviendra pas, car il aura retrouvé quelqu'un. C'est tout ce que je peux lui souhaiter.

Tout reste écrit. Rien ne s'efface. Alors c'était ça ? Il était venu m'aider pour soigner ma blessure amoureuse quand moi je me noyais dans celle de son absence ? Penser à l'avenir, à la vie et ne plus s'arrêter sur la mort ? Mais j'en suis toujours au point où le futur ne brille toujours pas dans ma tête, car le dernier titre reste désespérément sans avenir... Qu'est-ce que je dois comprendre alors ? Que l'avenir avec Léo n'est pas fini comme j'ai toujours pu le penser au fond ?

Sérieusement, je n'y crois plus. Il serait revenu depuis longtemps si c'était le cas.

Je tourne la tête vers la fenêtre et je vois Tom en train de ramasser les mégots qui traînent devant son bar. Je souris. Il est tellement soigneux.

Je remballe tout, j'ai besoin de m'aérer la tête.

Je me dirige vers Tom, j'ai tellement envie de lui parler.

« Tom ! Tu es libre ce soir ? lui demandé-je de l'autre côté de la rue.

— Je serai toujours libre pour toi, tu le sais bien », me dit-il en me lançant un petit clin d'œil.

J'aime tellement les réponses qu'il me donne !

« À ce soir, 19 heures ! Je prépare le repas ! » lui lancé-je en partant enjouée.

Arrivée près de ma voiture, j'aperçois une silhouette qui ne m'est pas inconnue. Après un temps de réflexion, je me rappelle ! C'est le vieux monsieur qui sortait de « Mon petit moi m'a dit », je le reconnais.

« J'ai comme l'impression que le travail a réellement commencé, me dit-il en souriant et en continuant sa route.

— Je le crois aussi », lui réponds-je en lui rendant son sourire.

Chapitre 8 _ Le boomerang.

Les mois passent à une allure impressionnante. Tom et moi ne nous sommes presque pas quittés. Je revis complètement. Je profite chaque jour et mon faux balcon devient aigri à force de ne plus me voir me lamenter. Avec Tom, je découvre tellement de nouvelles choses. Ce qu'on aime tous les deux, c'est prendre le temps de goûter de nouveaux plats, d'expérimenter. Faut dire que Tom est vraiment bon cuisinier, faut croire qu'il tient ça de son Papa. On aime découvrir de nouveaux lieux, on fait beaucoup de visites, de randonnées. J'en prends plein la vue. C'est simple, Tom s'intéresse à tout et me donne son goût pour la curiosité. On lit beaucoup aussi.

Ce que j'aime chez lui, c'est qu'il ne juge pas.

Tu sais, il n'y a pas très longtemps, je n'étais pas bien à cause de Léo. Je me sentais mal vis-à-vis de Tom. C'était trop dur de passer du temps avec lui, d'apprécier ces moments, mais d'avoir Léo en pensée. Alors, un jour, on est parti se balader près d'un Gour. Il faisait un temps magnifique ce jour-là, Tom conduisait et, moi, je me demandais ce que je devais faire. J'ai demandé un signe pour m'aider. Je voulais savoir si je devais lui avouer mes sentiments pour Léo. Au moment où je posais la question en moi-même, une buse nous a coupé la route et est allée se poser de l'autre côté, sur un poteau. Et c'est là que je me suis dit qu'il fallait que je lui dise. Ça ne pouvait pas être plus clair. Une buse, c'est un gros oiseau. Pour moi, il fait partie des signes de liberté. Une libération de lui dire.

Alors on s'est installés près de l'eau, on a ouvert notre bière et c'est là que je lui ai tout dit pour Léo. Je lui ai exprimé mon malaise, ma tristesse, ma peur que ça ne parte jamais. Je lui ai entièrement tout dit. Mon cœur battait si vite qu'il me faisait mal. J'avais si peur de sa réaction...

Et puis, une fois que j'ai eu fini mes explications, Tom m'a bisé la tête, il a enroulé ses bras autour de moi. Je pleurais de honte, de tristesse, de pitié de tout ce que j'avais sur le cœur depuis déjà bien trop longtemps. Il m'a dit qu'il comprenait et qu'il ferait tout pour m'aider à l'oublier.

J'étais ahurie de sa réponse. Mais tellement soulagée aussi... C'est une belle personne. C'est tout ce que je peux dire.

Nous avons continué notre balade, c'était agréable, j'étais apaisée, le cœur en partie vidé.

Le bonheur ne peut pas être entier tout le temps... La vie me ramène bien vite à la réalité. Octobre avait choisi mon père et je vais devoir vivre chaque octobre de chaque année avec cette boule au ventre. Elle commence maintenant. Nous sommes le 19 et, aujourd'hui, je suis dans l'incapacité de sourire. J'ai passé ma nuit dans les bras de Tom à rêver du passé. Papa, Léo, l'hôpital, le funérarium. Tout, entièrement tout, est revenu et s'est mélangé pour créer des images sordides. J'ai sué toute la nuit et je me suis réveillée en nage. Je suis partie en courant dans la salle de bain pour pleurer un bon coup sous la douche. Tom m'a laissée décompresser, il a préparé le petit-déjeuner, et m'a créé un petit bouquet de fleurs en papier qu'il a déposé sur le plateau entre les tartines de pain grillé et nos cafés. J'ai trouvé cette petite attention si jolie. Ces couleurs ont redonné un peu de teinte à cette journée grise. Il m'a prise dans ses bras et je me suis rappelé ce qu'il m'avait dit quelques mois auparavant :

« Tu sais, je ne sais pas ce qui t'est arrivé et je veux que tu me l'expliques seulement le jour où tu t'en sentiras prête. »

Et je pense que ce jour est le plus évident pour enfin lui parler de Papa. Alors, voilà, je lui ai parlé de lui, de tous ces beaux souvenirs que nous avions partagés, de son caractère de cochon et de sa façon à lui seul de communiquer son affection par les gestes. Je lui ai parlé de ce jour où tout s'est arrêté, de cette solitude que j'ai ressentie face au médecin qui m'annonçait son décès, de cette déchirure de devoir annoncer à ma sœur que son papa était parti pour de bon et de ne même pas pouvoir la prendre dans mes bras pour pleurer avec elle. De voir mon petit frère tétanisé dans le bureau de la directrice en se demandant pourquoi on venait le chercher en pleine semaine, de voir son visage chargé d'émotions lorsqu'il a compris. De regarder mon grand frère jouer son rôle de grand frère du mieux qu'il pouvait et de nous consoler tant bien que mal alors que sa peine était tout aussi lourde à porter. De cette peur que j'ai prise lorsqu'il a fallu entrer dans cette chambre pour reconnaître le corps et voir un mort pour la première fois. Mon propre papa. Je m'étais toujours dit que les seuls corps que j'irais voir seraient ceux de mes parents, mais jamais je n'avais pensé être confrontée à cette situation si jeune. Cette sensation de vide autour de moi et de réalité incroyable dans laquelle je me trouvais. Ce silence infect, lourd et macabre qui englobait cette pièce et qui me donnait cette impression de fin du monde. Cette envie de le serrer dans mes bras et d'être tout aussi tétanisée à l'idée de le toucher et d'imaginer sentir le froid de sa peau et la raideur de son corps. Si bien que je suis restée de longues minutes assise, à côté de lui, à le regarder, béate, tout en me demandant si j'étais capable de le frôler avec ma main et cette seule pensée me terrorisait... Je lui ai tout raconté, comme si ça allait m'aider à passer à autre chose, comme s'il allait pouvoir activer le rembobinage de cette cassette et me permettre d'en effacer une partie. Il n'a rien dit, m'a écoutée, m'a soutenue pour que j'arrive à aligner mes mots et à finir mes phrases. Une fois que j'ai eu terminé mon récit totalement dénué de syntaxe, il a soulevé ma tête avec ses mains, m'a regardé droit dans les yeux et m'a dit :

« Je comprends mieux pourquoi « Mon petit moi m'a dit » t'a fait signe.

— À toi aussi il t'a fait signe un jour, n'est-ce pas ? lui demandé-je.

— Oui et, crois-moi, c'est la meilleure chose qui me soit arrivée, avant toi. »

J'ai souri, j'avais envie de lui demander quelle était la raison pour laquelle il en avait eu besoin également, mais je me suis dit que, comme moi, il attendait d'être prêt à en parler. Il m'a ensuite conseillé de réfléchir à tous les signes que j'avais pu recevoir depuis la toute première fois et d'assembler le puzzle pour essayer d'y voir plus clair.

Pour tout te dire, le puzzle est en marche dans ma tête, le problème c'est moi, et moi seule, qui, au fond, ne veux pas le terminer. Simplement parce que lorsque celui-ci sera enfin assemblé, qu'est-ce qui me restera ?

Je crois que, ça aussi, Tom l'a compris, il me dit que la vie ne commencera vraiment que le jour où j'aurai tiré un trait sur ma tristesse. Je sais qu'il a raison.

Aujourd'hui, je vais voir ma petite Maman pour prendre le temps de lui expliquer tout ce qui m'arrive. J'ai besoin d'en parler avec quelqu'un qui ne connaît pas cet endroit et je sais que c'est la meilleure personne pour en discuter. Elle me croira et fera tout ce qui est en son pouvoir pour m'aider à passer ce cap.

Elle m'a écoutée sans bouger, sans me couper une seule fois la parole. Je crois même qu'elle a enregistré absolument tous les détails de mon histoire. Ça l'intéressait, elle était suspendue à ma bouche et je sentais que j'avais pris la bonne décision en me confiant à elle. Elle était comme obnubilée, c'était une toute nouvelle perception de spiritualité qui s'offrait à elle, elle qui la côtoie depuis de nombreuses années, et qui l'a toujours fascinée. Je sentais qu'elle avait envie d'aller dans cet endroit et, la connaissant, je pense qu'elle essaiera de s'y rendre un jour si elle le trouve. Mais elle savait aussi qu'elle ne pouvait pas me demander de venir avec moi, car c'était mon histoire à moi, à moi seule. Et que son rôle de Maman ne pouvait pas franchir cette porte-là. Une fois que j'ai eu fini de tout lui raconter, nous sommes restées silencieuses quelques secondes, l'information finissait son parcours et au moment où elle est arrivée tout entière à destination, elle s'est levée, s'est assise au plus près de moi, m'a pris la main et, calmement, a sorti un papier de la poche de sa robe de chambre sur lequel était noté un texte. Elle m'a demandé de le lire et s'est retirée.

Voilà ce qu'il disait :

« Rêve du 10 mai 2019 : Il est apparu dans mon rêve un peu comme tombe la neige, blanc comme du coton, léger comme le vent. Il souriait, avait l'air si heureux. Il s'est approché, ses pieds ne touchaient pas le sol, il flottait au-dessus. Puis il m'a dit « Mon petit moi m'a dit de la guider chez lui. Je l'attends chaque jour là-bas. »

Après un petit moment d'absence, j'ai appelé ma maman, qui est venue aussitôt. Elle souriait, tu sais, ce sourire que tu ne peux pas t'empêcher d'avoir quand quelque chose est dingue, le sourire prêt à éclater en crise de rire tant les nerfs sont serrés. J'ai eu le même. Nous avons ri comme jamais j'ai pu rire auparavant.

« J'ai noté les souvenirs de ce rêve sur un petit bout de papier à mon réveil, car, malgré le fait que je ne l'ai pas compris, il me semblait très important. Je me rends compte aujourd'hui à quel point il a pu l'être. Ton papa n'est pas loin, ma puce, et je crois qu'il t'attend à ce fameux endroit. Ne perds pas de temps et va trouver ce qu'il veut te dire. Je suis là, tu n'es pas seule, tu ne seras jamais seule, ma fille. »

Ces paroles m'ont fait tellement de bien si tu savais. Oui, je me suis sentie seule pendant presque deux ans, simplement parce que nous n'avons pas vécu la même chose, j'avais besoin de quelqu'un de ma famille avec moi au moment où le médecin a amorcé la bombe. Et j'ai dû la prendre dans la gueule toute seule, toute seule pendant de longues minutes jusqu'à l'arrivée de ma belle-mère et de mon frère. Ils ne savent pas, ils ne savent pas à quel point la solitude m'a rongée à cet instant. À quel point tout cela m'a chamboulée. Personne ne sait réellement le trou que ça m'a fait dans la tête de ne pouvoir être serrée dans les bras par l'un d'entre eux. J'ai essayé de leur en parler, mais, chacun dans sa tristesse, personne n'a réalisé l'impact que ça avait pu causer dans mon existence. Ensuite, c'est à la maison que j'ai subi la solitude. J'étais toute seule quand je rentrais le soir chez moi. Je n'avais pas de compagnon avec qui partager ma journée, mes joies et mes peines. J'avais mes copines de temps en temps qui restaient dormir, mais elles avaient leur vie et ne pouvaient pas la passer avec moi. Alors entendre ces mots sortir de la bouche de ma maman, l'entendre me dire que je ne suis pas seule, qu'elle est là, même si pour elle c'était évident, bien sûr, pour moi c'était un réel soulagement. C'est un pas de plus que je fais vers la réalisation de ce deuil.

Quant à mon Papa, je commence à le voir autrement qu'un triste souvenir, qu'une simple photo, qu'une absence, autrement qu'un corps mort. Et ça fait du bien.

Alors, je me suis intéressée à la vie après la mort, cette possibilité totalement incroyable qui me faisait pourtant déjà de l'œil depuis longtemps. Ce n'est plus une simple croyance, cela devient palpable.

J'ai lu des bouquins qui m'ont scotchée, mais une fois de plus qui ne peuvent pas décrire ce que je vis. Ce qui rend cette histoire encore plus unique. Peut-être que la fin de celle-ci est proche, peut-être qu'il n'y a même jamais eu de fin réelle. Mais ce que je sais, c'est que l'Amour n'en connaît pas et que, à partir de là, je peux me noyer continuellement dans celui que nous avons fait fleurir ensemble, lui et moi. La mort n'arrête pas l'Amour et l'Amour ne s'arrête jamais.

Je suis partie de chez ma Maman pour me rendre dans ce lieu où m'attendait Papa. Une toute nouvelle perception des choses en tête et l'envie irrépressible de savoir ce que « Mon petit moi » m'avait encore préparé.

Lorsque je rentre, je tente timidement de dire « bonjour » au cas où il m'entendrait… Maintenant, j'ai tendance à imaginer que je pourrais recevoir des dizaines de signes, et je suis un peu trop aux aguets.

Cette table m'empêche réellement d'aller vers une autre, c'est comme s'il y avait des murs formant un couloir invisible de chaque côté et que je n'avais pas d'autre choix que d'aller tout droit. Cela me donne la sensation d'être unique pour elle et, réciproquement, qu'elle le soit pour moi. C'est ma table et je suis sa cliente.

Doucement, par peur de briser ce silence que je trouve accueillant pour une fois, je soulève la chaise et la décale afin de pouvoir m'installer. Je me regarde dans ce grand miroir posté face à moi et, pour une fois, je ressens une certaine gêne à l'idée d'imaginer des passants extérieurs me regarder en se demandant ce que je peux bien fabriquer toute seule ici. C'est la première fois que cette pensée me traverse. C'est drôle, jusque-là, je ne m'en étais jamais souciée. Je ne me souviens même pas avoir pu penser, ne serait-ce une seule seconde, au monde extérieur lorsque j'étais ici. C'est bien le seul moment où je m'y attarde. Et, justement, cette pensée s'amplifie tellement que je ne peux m'empêcher de regarder vers la fenêtre au cas où quelqu'un regarderait.

« C'est une belle avancée que vous faites. »

Je me retourne brutalement, cette phrase m'a sortie, en un rien de temps, de ma psychose. Au fond de la salle, près de la porte, assis à une table, seul, le vieux Monsieur que j'ai eu l'occasion de croiser à deux reprises me regarde en souriant.

« Vous m'avez surprise, excusez-moi, je ne vous ai pas entendu entrer », lui dis-je.

Je l'entends s'esclaffer de rire.

« C'est normal, je ne viens pas d'entrer, j'étais là avant vous, me répond-il d'un petit air moqueur.

— Ah... Dans ce cas, je m'excuse de ne pas vous avoir vu.

— Le principal, c'est que vous me voyez maintenant », me dit-il en me lançant un petit clin d'œil.

Je lui souris et ne sais que répondre. Mais il enchaîne directement.

« Ces miroirs m'ont toujours fasciné ! Ils sont immenses, n'est-ce pas ? » me demande-t-il.

Je me retourne, les regarde de haut en bas et il est vrai qu'ils le sont !

« Ils sont absolument gigantesques ! » lancé-je en me retournant vers lui.

Mais au moment où mes yeux devraient se poser sur son visage, ils tombent sur du vide. Il n'est plus là. Interloquée, je me lève et vacille dans la pièce, telle une âme en peine qui cherche un peu de vie, mais rien à faire la solitude est bel et bien autour de moi. Alors je retourne lentement m'asseoir, je jette un coup d'œil par la fenêtre en repensant à ce qu'il m'a dit. Puis je repose mes yeux sur ces grands miroirs avec cette soudaine impression que le signe que j'attendais se trouvait dans ses paroles.

Alors je les observe en imaginant qu'ils vont se transformer, ou que je vais pouvoir passer au travers, un truc dans le genre. Impossible d'arrêter mon imagination un peu trop débordante. Alors, forcément, tu penses bien que rien de tout cela n'est arrivé. À force d'attendre, je crois que j'ai fini par me retrouver dans un état de conscience modifiée, perchée sur ma petite lune à 100 000 000 km de là, et j'ai dû rester dans ce monde parallèle assez de temps pour que lorsque je me raisonne enfin, je remarque une dame assise sur la table à côté de la mienne. Je ne l'ai pas entendue passer la porte ni même arriver et s'installer à côté de moi. Je ne suis même pas sûre qu'elle m'ait saluée. Elle ne me regarde pas, les yeux fixés sur le miroir, elle a l'air totalement absorbée par celui-ci. Je n'ose pas bouger par peur de la déranger, j'observe juste cette scène et je me prends à aimer l'étudier. J'ai comme l'impression que c'est à son tour de prendre la place sur la Lune, peut-être que j'étais dans ce même état lorsqu'elle est arrivée et que, tout comme moi, elle n'a pas osé me déranger. Je me sens un peu mal à l'aise d'être là sans qu'elle ne me prête d'attention, et imaginer qu'au moment où elle le fera, elle se demandera pourquoi je ne lui ai pas parlé avant. Et cette pensée me pousse à casser le silence.

« Bonjour Madame. »

Mais je suis surprise par le désintérêt dont elle fait part à mon égard ; en effet, je ne reçois aucune réponse, elle ne prend même pas la peine de tourner son visage dans ma direction. Alors tu penses bien que, charogne que je suis, je réitère mon « bonjour ». S'il y a bien quelque chose que je ne supporte pas, c'est qu'on ne me réponde pas.

« Bonjour ! » lui dis-je avec plus d'entrain.

Toujours rien. Comme si je n'existais pas. Elle doit être sourde... Alors j'exécute toute une série de gestes qui veulent dire « coucou, regarde-moi, je suis là », mais elle me snobe correct, la vieille ! Touchée dans mon estime, je me lève et m'installe en face d'elle pour lui montrer que je ne compte pas lâcher le morceau.

« Ce n'est pas très correct de m'ignorer comme vous le faites, Madame. Un bonjour n'a jamais tué personne ! » lui balancé-je d'un ton sec.

Eh bien, tu sais quoi ? Elle n'en a rien à foutre de ma petite tronche. Je me dis que, pour l'emmerder au mieux, il faut que je la fixe. Au bout d'un moment, elle sera obligée de détourner le regard, c'est sûr ! Au bout de cinq bonnes minutes, c'est moi qui le détourne. Je suis tombée sur une coriace. Alors je retourne à ma table et j'attends bêtement le moment où elle décidera de partir pour la toper avant. Quelle vieille peau !

Et me voilà en train d'attendre et encore attendre, mon entêtement est tel que je finis par m'endormir. Mon téléphone vibre dans ma poche, c'est Sarah qui cherche à me joindre. Quatre appels manqués et deux nouveaux messages dont un vocal. Je regarde l'heure, merde ! Il est bientôt 19 heures et je suis en retard pour la soirée. Sarah doit être devant chez moi depuis bien vingt minutes. Je me lève brusquement, prête à partir, quand je me remémore cette femme de tout à l'heure. La garce, elle est partie pendant que je dormais ! Pas le temps de traîner plus, j'appelle Sarah pour lui dire que j'arrive.

Lorsque je rentre chez moi, Sarah est assise sur la marche d'entrée et tire une tête de sept mètres de long pour bien me montrer qu'elle est agacée. Ce que – entre nous – je comprends parfaitement.

« Je peux savoir où tu étais ? On avait dit 18h30 devant chez toi ! me dit-elle.

— Excuse-moi, je n'ai pas vu l'heure... lui réponds-je.

— Ça fait un moment que je te trouve bizarre, tu me caches quelque chose ?

— Je sais... C'est que... Il m'arrive pas mal de trucs en ce moment et j'ai du mal à tout gérer... » lui dis-je.

Sarah, c'est ma meilleure amie depuis la maternelle et j'ai beaucoup de mal à passer entre ses filets quand quelque chose de nouveau m'arrive. Jusque-là, j'ai réussi, mais je me doutais bien que ça n'allait pas durer.

« Quand est-ce que tu vas cracher le morceau au juste ? Tu crois que je n'ai pas remarqué le nombre de choses bizarres qui se passent autour de toi ? » me répond-elle.

Je ne suis pas sûre de comprendre où elle veut en venir.

« Qu'est-ce que tu insinues ? lui demandé-je.

— Les lumières chez toi qui s'allument toutes seules et les ampoules qui n'arrêtent pas de griller chaque fois que tu parles de ton Papa, sans parler de ce froid glacial que je ressens malgré le chauffage que tu t'entêtes à monter. Tu crois franchement que je n'allais pas me questionner là-dessus ? me dit-elle.

— Va droit au but, s'il te plaît, lui demandé-je.

— Toutes ces choses depuis le départ de ton Papa... Je les ai vues, moi, et j'attendais que tu m'en parles, je suis là, tu le sais, et tu sais très bien que tu peux tout me dire. Je suis prête à tout entendre. »

À ces mots, je me prends comme une détonation dans la tête. Ça veut dire qu'elle avait tout compris avant moi... Moi qui essayais désespérément de comprendre ce qu'il se passait, elle, elle avait déjà tout calculé et avait gardé ça pour elle pensant que je ne voulais pas lui en parler...

« Mais... Écoute Sarah, je ne viens que de le comprendre, moi... lui dis-je d'un ton libéré.

— Raconte-moi, on s'en fout de cette soirée, je veux qu'on se retrouve comme avant et que tu me fasses partager ta vie », me dit Sarah en souriant.

Alors, voilà, je lui explique toutes ces choses que je ne lui avais pas dites.

Elle est abasourdie et tu sais pourquoi ? Elle ne comprend pas, venant de moi, que je n'ai pas su voir les signes et les analyser, elle ne pige pas comment j'ai pu passer à côté de ça, moi qui pourtant adore toutes ces choses dites « surnaturelles ». Et maintenant qu'elle le dit, c'est vrai, je ne comprends pas non plus. De l'écouter, d'en parler, c'est une chose, mais je crois que de le vivre, c'est totalement différent. J'ai pris peur et j'ai cru que je devenais folle. Mon gros problème, c'est de toujours faire attention aux regards des autres, alors j'ai eu peur qu'on me prenne pour une cinglée. Peur que ma propre meilleure amie puisse le penser et s'éloigne de moi. Et quand j'y pense, je me trouve ridicule d'avoir pu penser ça. On a passé notre soirée à discuter, écouter de la musique, partager des textes, boire des bières et fumer des clopes. Le genre de soirée qu'on adore se faire ensemble et que l'on n'avait pas passée depuis longtemps maintenant. Ça m'a fait un bien fou. J'ai retrouvé ma Sarah, celle qui me suit depuis mes premiers pas et qui ne m'a jamais laissée. Ce petit Moi-là vaut tous les petits Moi du monde entier.

Après cette soirée riche en émotions, Sarah est restée dormir avec moi, nous nous sommes programmées notre réveil en chanson et notre petit-déjeuner du siècle comme nous aimons tant. Je crois que, du plus loin que je me souvienne, ils font partie de mes petits-déjeuners préférés.

Je me suis réveillée dans la nuit, ou du moins de ce qu'il en restait, avec un goût de sang frais dans la bouche. Je me suis discrètement glissée en dehors de la chambre pour atteindre ma salle de bain. Devant mon miroir et avec un peu de mal à ouvrir mes yeux entièrement à cause du choc de la lumière, je vois du sang sur le bord de mes lèvres. Étonnée, j'ouvre la bouche et ce seul geste me fait un mal de chien. Je me suis mordu les deux côtés des joues en dormant. Un morceau de rêve me revient en tête où des dizaines de médecins sont en train de me donner des coups de poing dans la tronche. Ils essaient de me calmer, mais, moi, j'essaie de leur dire que je dois voir mon Papa avant que ça ne soit trop tard. Ils me frappent fort, et le temps passe et je sais, dans ma tête, qu'ils vont me faire louper les derniers moments avec mon Papa. Alors je me défends comme je peux pour me sortir de là, mais mes bras sont tout mous, ils vont au ralenti, je deviens du coton, c'est insupportable… Mes joues enflent et je serre la mâchoire pour ne pas crier. Inconsciemment, j'ai dû serrer les dents à cause de ce cauchemar. Je me pose un moment sur le canapé avec un verre d'eau que j'ai du mal à boire tant la douleur est prenante, et je reste là, les yeux dans le vide pendant un moment. Je réfléchis à ce rêve et je n'arrive pas à me souvenir du reste. Je pense que ma peur, celle de tout prendre une bonne fois pour toutes dans la gueule, s'est imagée de cette façon. Et, pour tout te dire, la scène a été si violente que j'ai désormais encore plus peur de devoir assumer un tel impact dans la fracture déjà dessinée par son départ. Mais c'est une première ouverture, un premier trait de l'esquisse que mon subconscient m'a envoyé. Celui qui me dit : « allez, tu y es presque, tu vois, ça ne peut pas te tuer, tu es prête à faire entrer cette réalité dans ta vie maintenant ». Il faut que je me calme, je retourne dans le lit chaud et j'essaie tant bien que mal de m'endormir, mais Sarah a ouvert l'œil et me demande depuis combien de temps je suis réveillée. Elle remarque le sang sec qui contourne ma bouche et me demande ce que j'ai foutu.

« J'ai trop serré les dents cette nuit, ce n'est rien, t'inquiète, lui réponds-je.

— Montre à quoi ça ressemble au moins, pfoua, c'est bien amoché, t'as pas fait semblant ! C'est qui que tu voulais mordre dans ton rêve ? me dit-elle en rigolant.

— Les médecins qui me collaient des beignes », lui réponds-je amèrement.

Elle n'a pas posé plus de questions. Elle a compris, à ce moment-là, que je venais de vivre une nouvelle étape du deuil.

Chapitre 9 _ Sound of silence.

Tom est venu par surprise aujourd'hui, nous ne devions pas nous voir avant la fin de la semaine, mais il a trouvé du temps pour se libérer. Il m'a bandé les yeux, m'a installée dans sa voiture et m'a demandé de ne poser aucune question et surtout de ne pas tricher. La mélodie *The sound of silence* cache les sifflements des freins de sa voiture et la lumière des lampadaires perce le tissu du foulard qu'il a choisi pour cacher mes yeux. Ces deux choses-là m'apaisent totalement. Tu vois ces tunnels remplis de lumières jaune-orangé ? Ça me donne cette impression de passer dessous. J'ai toujours adoré ces tunnels, ils me plongent dans mes souvenirs, ils me noient dans ma nostalgie avec ces lancées de lumière, qui ont l'air de danser dans un même tempo et qui tout du long font battre mon cœur à leur rythme d'éclairage. Alors, avec cette musique en fond, que j'affectionne beaucoup, je lâche prise complètement.

La voiture s'arrête, Tom sort, ouvre ma portière et me dit doucement de lui donner les mains et de lui faire confiance. Je ressens l'appréhension de l'inconnu, du noir, mais je fais ce qu'il me demande. Je sais qu'il ne lâchera pas mes mains. Nous marchons bien cinq minutes, je n'entends aucun bruit mis à part sa voix qui me caresse l'oreille et me rassure, me questionne même.

« Tu as une idée d'où je t'emmène ?

— Aucune, mais je suis sûre que ça me plaira, lui réponds-je.

Nous nous arrêtons, j'ai l'impression de n'être entrée nulle part, de ne pas avoir franchi de pas-de-porte et de ne même pas sentir de chaleur d'intérieur.

Tom détache ce foulard qui m'empêchait, jusque-là, de voir où nous allions. J'ouvre mes yeux doucement et aperçois des tonnes de petites lumières. Des bougies par dizaine, dont les flammes se balancent de gauche à droite et rendent la scène plus vivante. Je trouve cela merveilleux à regarder, tout est féerique. Je l'observe, les yeux brillants de sourires, il me prend la main et la serre très fort dans la sienne. Il n'a pas l'air très serein, je le trouve même un peu triste, ses yeux paraissent désolés. Il les détourne et regarde autour de lui. Je repose mes yeux sur ces dizaines de bougies qui vacillent au rythme du vent, le spectacle est renversant. En général, je ne vois ça que dans les films, il n'y a bien que pour un scénario parfait que quelqu'un se crèverait le cul à allumer autant de bougies. Le mouvement des flammes m'hypnotise tant que mes yeux, par réflexe, se détournent d'elles. Et c'est là que je commence à comprendre où nous sommes réellement. Alors oui, à première vue, j'ai trouvé cet endroit magnifique, c'est fou comme des bougies peuvent embellir un paysage. Même un endroit funeste. Je suis au pied d'un énorme rocher en forme de cœur, sur lequel dansent tant de jolies flammes. Mes pieds touchent l'herbe sur laquelle, il y a plus d'un an, les cendres de mon papa ont été déposées. Un endroit où il m'a toujours été difficile de me rendre, mais où j'ai laissé quelques mots dans une petite boîte en verre, cachée derrière le rocher, pour finalement laisser un peu de moi près de lui.

Ce soir, Tom a transformé cet endroit triste et plein de douloureux souvenirs en un petit cocon lumineux magique. Il a réussi à me donner la sensation d'être bien quelque part où la douleur est partout.

Mes yeux se posent sur lui, les siens sont interrogateurs, peureux, anxieux mais pleins d'espoir à l'idée que son initiative soit bonne. Il m'a donné la possibilité de trouver la beauté dans la mort et, pour une fois, ce n'est plus ce mot funèbre et macabre que j'ai toujours eu du mal à prononcer.

« Merci » est la seule chose que j'arrive à lui dire et, par son sourire, je comprends que c'est également la seule qu'il espérait entendre.

Nous restons là, silencieux, à contempler ces petites étincelles. Tom me serre dans ses bras et sort de sa poche une lettre. Cette lettre fait partie des nombreuses que j'ai écrites au fil des mois qui ont suivi le décès de mon Papa.

« J'ai pensé que cette lettre avait une place particulière à prendre dans la boîte à messages », me dit Tom.

Je l'ai prise et l'ai relue, c'est la toute première que j'ai écrite.

« Arrivée trop tard. Je suis arrivée trop tard, on est tous arrivés trop tard. On a tous réagi trop tard, tous compris trop tard. T'étais tout seul, t'es parti tout seul, on t'a laissé tout seul. Votre Papa est décédé à 7h30 ce matin, je suis désolé. Il est 8h15. 45 putains de minutes. J'ai couru, j'ai couru comme j'ai pu et je suis arrivée trop tard. J'y ai tellement cru. « Fausse alerte ! Tout va bien, ne vous en faites pas, sa chimio fonctionne, n'oubliez pas. » Rêve. Crève même. Je le gerbe, ce mot ! Ça fait 8 ans que je l'ai en travers de la gorge – de TA gorge – ce putain de mot. « Ce n'est pas la petite bête qui va me manger » que tu disais. Mais il n'y en avait pas qu'une... Pas équitable ! Pas juste ! Alors ça y est ? Ma foi s'arrête là ? Qu'est-ce qu'il va me rester maintenant, dis-moi ? Je te jure que j'y ai cru.

J'ai mal, trop mal, si mal. Apparence parfaite, défaillance seule.

Je ferai tout ce que je peux pour affronter cette merde. J'y arriverai Papa, tu verras, tu seras fier de moi. Je vais aller au bout de cette tristesse et j'en garderai juste une goutte pour moi toute seule dans les moments où j'aurais besoin d'être triste. »

« Je voulais que tu te rappelles ces dernières lignes, que tu n'oublies pas ce que tu t'étais promis. Tu peux déjà être très fière de toi, tu sais », me dit Tom.

J'ai replié la feuille, je lui ai souri, il avait raison, j'avais besoin de cette piqûre de rappel. Je suis allée chercher la boîte où se trouvaient déjà quelques mots entassés et quelques photos, et je l'ai glissée à l'intérieur en me promettant d'aller au bout des mots que j'avais écrits ce jour où ma vie entière a basculé.

Ensuite, Tom m'a demandé d'éteindre chacune des bougies en pensant très fort à des mots positifs. « Sourire, joie, bonheur, capacité, volonté, force, famille, rire, espoir... »

Voici une partie des mots que j'ai choisis et chaque fois que je soufflais une bougie, je repensais à tous les bons moments que j'ai passés avec lui.

À la dernière bougie, Tom m'a rejointe, a placé son bras autour de ma taille, m'a incitée à se pencher avec lui, il a regardé cette flamme qui gigotait maintenant seule dans la nuit noire et a choisi son mot : « Amour », a-t-il susurré près de mon oreille et nous l'avons soufflée ensemble.

Après ce moment plein de tendresse, nous sommes remontés dans la voiture et avons repris le chemin de sa maison. Là-bas nous attendait une très belle table dressée sur laquelle étaient disposées de nouvelles bougies.

« Je vais les allumer en pensant à mon tour à des mots positifs », me dit-il avec le sourire.

Il avait préparé un plat de tomates farcies avec du riz en ajoutant la mie de pain comme mon Papa m'avait fait une fois. Il y a quelques années de cela, j'allais manger chez lui, à mon arrivée, il n'était pas là, ma belle-mère m'avait dit qu'il était parti en quatrième vitesse chercher de quoi faire des tomates farcies, car il savait combien la seule vue de ce plat était un plaisir pour moi. Lorsqu'il est revenu avec tous les ingrédients, nous nous sommes mis au fourneau et, ensemble, nous avons confectionné les meilleures tomates farcies du monde ! C'est ce jour-là qu'il m'a appris cette fameuse recette avec la mie de pain. Il avait tout fait pour me faire plaisir et il avait sacrément réussi.

Cette petite attention de la part de Tom me touche et me prouve, une fois de plus, qu'il est irrémédiablement le petit Moi dont j'ai besoin.

« Tu ne m'as toujours pas réellement posé de questions sur « Mon petit moi m'a dit », me dit-il.

— C'est vrai, je ne sais pas trop ce que tu sais ni si je dois te poser des questions... lui réponds-je timidement.

— Tu te rappelles toutes les fois où tu es venue au bar ? me demande-t-il.

— Oui, enfin peut-être pas toutes, mais une bonne partie pourquoi ? lui rétorqué-je.

— Tu ne t'es jamais assise à la même place... sourit-il.

— C'est vrai ! Je trouvais ça limite pénible que tu me dictes toujours à quelle table je devais me rendre, lui dis-je.

— Est-ce que tu as compris pourquoi j'ai fait cela ?

— Pas vraiment à vrai dire... lui réponds-je.

— Toutes les tables où je t'ai installée menaient à un angle de vue différent de « Mon petit moi m'a dit »... »

Il me scrute, attendant certainement ma réaction.

« C'est peut-être bien vrai aussi... Mais je ne comprends pas où tu veux en venir ? lui demandé-je.

— Tu n'as jamais remarqué quelque chose quand tu t'asseyais aux différentes tables et que tu regardais la vitrine ?

— Alors quand je t'ai demandé cette fameuse fois, si tu pouvais me dire ce que tu voyais d'écrit, tu as fait exprès de me dire que tu ne voyais rien ? lui demandé-je sceptique.

— Oui. J'ai acheté ce bar après mon passage intime à « Mon petit moi m'a dit », car l'ancien propriétaire, tout comme moi maintenant, indiquait aux clients où s'asseoir afin de guider leur regard vers cet endroit et ainsi modifier leur perception de celui-ci. Il a fait ça pour moi, afin de m'aider à m'intéresser de plus près à cet endroit. Toutes les personnes qui sont allées là-bas sont passées par ce même schéma.

— Pourquoi cette façon de fonctionner ? lui demandé-je intriguée.

— Parce que, tout comme toi, si les personnes n'étaient pas venues au bar et n'avaient pas eu accès à cette première table, elles n'auraient pas été intriguées par ce qu'on peut y voir et ne seraient certainement pas retournées là-bas.

— Et toi tu as choisi d'être une espèce de « guide » à ton tour alors si je comprends bien ? lui demandé-je.

— En quelque sorte oui, cet endroit m'a sauvé la vie et je voulais aider d'autres personnes à sauver la leur.

— Et je suppose que tu ne m'en diras pas plus pour aujourd'hui, n'est-ce pas ? lui dis-je.

— Tu as tout compris ! Le reste, c'est à toi de le découvrir. Puis, entre nous, chaque histoire est différente, le fait d'en savoir plus sur la mienne pour le moment ne t'aiderait guère plus », me lance-t-il avec un clin d'œil et la conversation s'arrête ici.

Chapitre 10 _ Papillon.

Je me rends compte que j'ai fait du chemin, il m'arrive d'aller encore quelquefois sur mon balcon et d'en griller une en fixant la cour vide de mes voisins. À la différence d'avant, c'est que mon petit Moi s'immisce beaucoup moins dans mes pensées. Il reste à l'écart et me surveille du coin de l'âme. Il m'arrive parfois d'avoir des petites pensées négatives, mais, même là, il me laisse les appréhender seule. Et tu sais quoi ? J'arrive à les faire partir sans son aide. Mais je dois bien l'avouer, et ça, c'est certainement le principal dans l'histoire, c'est que les pensées pour mon Papa sont beaucoup plus jolies qu'avant et ne sont pratiquement plus accompagnées de larmes. Ou alors elles sont issues d'émotions positives et, là, ça change tout.

Je m'étais peut-être trompée lorsque je pensais encore que le deuil n'existait pas. C'est le mot, je pense, qui me dérange. Il est devenu tellement banalisé, sorti de la bouche de soi-disant spécialistes qui t'allongent sur un divan et qui te disent que c'est « normal » de pleurer, qu'il faut évacuer. Que le deuil est une « étape obligatoire » à vivre et que, une fois celui-ci dépassé, il y en aura certainement d'autres à affronter, mais que, encore une fois, c'est « normal », car cela fait tout bonnement partie du processus de la vie.

Tu la ressens là, la « normalité » de la chose ? La « banalité » de cette étape pourtant si importante pour la guérison de l'âme ? Alors, s'il y a bien un mot que je refuse à ce qu'il le soit, c'est bien celui-là et tu sais pourquoi ? Parce qu'aucun deuil n'est vécu, ressenti et appréhendé de la même façon. Aucune banalité ne peut ressortir de cet état, car il est absolument unique et propre à chacun. Et je ne conçois pas le fait qu'il puisse devenir un mot de routine employé après la perte d'un être cher.

Chacun devrait choisir, ou inventer, son propre mot pour le désigner. Pour lui donner une réelle identité. Simplement. Derrière chaque deuil se cache une personne, une mémoire, un petit Moi, Martine, Christian, Jean-Luc... Lorsque ces personnes sont nées, nous leur avons attribué une identité, pourquoi est-ce que les seuls mots employés lorsqu'ils décèdent sont toujours des noms communs ? Avec la même définition, les mêmes règles, la même mesure...

Moi j'ai trouvé le mien : Papillon.

Mais si tu me permets, je finis mon discours avant de te l'expliquer.

Si nous avions notre propre mot pour désigner cette phase, cela paraîtrait moins solennel et éviterait également aux autres de te sortir la notice pour gérer au mieux cette période. Comme si ces gens-là étaient des professionnels du deuil !

« C'est normal de pleurer, tu as passé la phase du déni, de la colère et de la négation, tu te trouves maintenant dans celle de la dépression. Oh, mais elle va durer encore un moment (tout dépend de combien tu as aimé cette personne), mais après, « hourra ! », vient l'étape de l'acceptation ! Et là, tu verras, tu vas revivre ! Tout ira mieux, fais-moi confiance, j'en connais un rayon avec tous les animaux que j'ai dû enterrer. »

Et sinon, tu as fait des études « post-mortem » spécialité « le deuil en 5 étapes » dans ta jeunesse ?

« Papillon » : il arrive lentement en rampant sur le sol, se cache pendant plusieurs mois dans son cocon, prend le temps de se régénérer, de se développer, de se transformer, et finit par comprendre qu'il est assez léger pour s'envoler.

Je ne pouvais pas trouver de meilleur mot pour qualifier mon histoire d'après Papa.

Chapitre 11 _ Léo.

Aujourd'hui, j'ai reçu un message de Léo. Il m'a fait sourire, car il contenait une photo de nous avec un petit mot dessous : « Voici notre toute première photo, on dirait des handicapés de l'amour ». Ça m'a fait un petit bond dans le cœur. Le fait qu'il ait cette petite attention me donne envie de l'engueuler. Pourquoi faut-il toujours attendre que tout soit trop tard pour se décider à faire quelque chose ? C'est énervant finalement. Ce genre de message, je l'ai tellement souhaité, tellement rêvé, tant imaginé. Et puis tout arrive maintenant. Voilà. Ce message, cette photo et des heures de regrets. Alors, forcément, j'ai mal au cœur pour lui, pour moi, pour nous. Pour ce que l'on aurait pu faire ensemble et que l'on ne fera jamais.

Ce n'est pas que je regrette de ne pas être avec lui, je suis déçue de ne pas avoir l'opportunité d'avoir vécu l'avancée de cette histoire et de lui connaître un nouveau départ. Ce n'est franchement pas une relation terminée. Je le sais. Elle vit encore à l'intérieur de moi, elle prend toutes les formes les plus exaspérantes possibles. Une existence, du moins, celle qu'elle aurait pu être si tout s'était passé autrement. Et j'aime l'imager, lui donner un rythme de survie et une consistance qu'elle n'aura pas. C'est idiot, n'est-ce pas ? Il y a de ça quelques lignes, je t'expliquais combien Tom est important pour moi, combien je me rends compte que c'est avec lui que je veux partager mes moments de vie. Et puis, je te balance ça, sorti de nulle part, entre déception et amertume, une histoire sans fin qui n'en connaîtra d'ailleurs jamais et qui me donnera toujours cette sensation de vide autour d'elle, cette expression triste face à ce rien et, malgré tout, l'envie de lui composer une autre mélodie plus douce, moins nocive pour nous et plus agréable aux souvenirs. Il fera toujours partie de moi et ce qui rend cette histoire si fragile et tragique à la fois, c'est que nous ne connaîtrons jamais ce bon moment. La vie est faite ainsi, mais ne nous en voulons pas, c'était quand même beau et unique. De l'Amour pur et dur, sans filtre, sans apostrophe, sans retenue. Rapide, court et profond. Ouais, c'était chouette. Mais je dois maintenant m'habituer à aimer différemment. Ce ne sera jamais pareil avec qui que ce soit d'autre. Je le sens au fond de moi que quelque chose ne fonctionne plus. L'Amour que je pourrais éprouver pour Tom ne sera jamais aussi grand que celui pour Léo, c'est comme si j'avais atteint un seuil que je ne pouvais plus dépasser. Léo est indétrônable. Ça pourrait être beau si l'histoire n'avait pas pris cette tournure (ou torture, ça marche aussi). D'un côté, j'essaie de me raisonner moi-même en pensant que si je n'aime pas Tom de cette façon, c'est peut-être ce qui pourra nous éviter d'être malheureux. Je nous protège d'un trop-plein d'Amour. C'est trop et ça fait du dégât quand il n'est plus gérable. Celui que j'éprouvais pour Léo était terriblement douloureux, car il prenait toute la place et… Plus rien d'autre ne comptait pour moi.

Alors, une fois de plus, j'ai répondu à son message le plus simplement possible, pour ne rien laisser paraître, parce que ma fierté est la seule arme derrière laquelle je me cache désormais. Je lui ai juste dit que c'étaient des bons moments et qu'on avait vraiment des gueules de cul. Je pense que, de son côté, il a peut-être été un peu surpris de cette réponse qui n'amenait pas à la communication. Il a dû laisser tomber et a décidé de ne pas répondre. Je n'ai pas cherché à lui réécrire non plus. Je crois que je suis fatiguée des faux espoirs et des non-dits.

Léo,

« Je crois que, dans toute cette sale maladie d'amour que je partageais seule contre toi, un médicament a commencé à faire son effet. Il m'a tendu la main, je l'ai pris et ce fut certainement le plus beau choix de ma vie. Il m'aide chaque jour à recoller tout ce que tu as cassé en moi. La confiance, l'espoir, le courage, la joie, l'Amour... Toutes ces choses essentielles à la vie dont tu m'as privée par ton égoïsme. Je m'excuse, les mots sont forts, c'est vrai, mais ils sont ce que tu as choisi qu'ils soient. Je te demandais seulement de prendre du temps pour me parler, m'expliquer, me consoler... un vrai rien de ton temps comme je t'ai dit une fois. Nombre de requêtes reconduites ou refusées. Sans en avoir de réelles raisons, si ce n'est un manque d'envie – de courage ? La phrase qui dit « de l'amour à la haine, il n'y a qu'un pas », je pense à son auteur et je me dis qu'il a sacrément dû en chier pour en arriver à cette conclusion. Heureusement, j'ai beau en avoir bavé à remplir un seau, j'ai su garder un maximum de bon sens pour éviter de te haïr. Je ne peux pas te détester, car tu es, quoi qu'il en soit, une belle personne. Ce que je hais, c'est la façon que tu as de m'ignorer et de revenir de temps à autre. Comme si c'était jouissif pour toi de me voir en baver par ta faute. De savoir que je suis toujours là à t'accepter si tu décides de revenir. J'ai tout autant de raison de te haïr que j'en ai de t'aimer. La balance est solide des deux côtés et je sais que, me concernant, le poids de l'Amour sera toujours plus imposant que n'importe quel sentiment au monde. Mais imaginons maintenant que, sur cette balance, vient s'ajouter le poids d'un autre homme. Imaginons que cet homme s'installe au milieu et récupère chaque jour une émotion, n'importe laquelle, et qu'il la jette par terre. N'imaginons plus, maintenant visualisons. Lorsque cela devient concret, c'est beaucoup plus parlant. Chaque semaine, il enlève des petits riens de cette balance et ça change tout. Tu pèses moins lourd dans ma vie. Il m'épaule et m'aide à enjamber ma tristesse. Doucement il me fait sourire, doucement il me fait rire, doucement il t'enlève de mes pensées et lentement il te remplace...

Mon lit n'est plus le cercueil vide que tu as laissé en partant. Non, il est chaud, rempli de lui et je crois même que c'est devenu mon endroit préféré. De nouvelles histoires apparaissent sur mon corps, celles-ci, je crois que je les adore ! J'ai fini par accepter les autres, elles ne sont plus si laides, car elles expriment une belle histoire, mais, surtout, la place que tu as libérée pour lui permettre de se déposer dans ma vie et d'y prendre désormais la plus importante. »

C'est aussi comme ça que j'aime la vie, avec ses histoires qui n'en finissent pas et qui donnent du fil à retordre à chacun d'entre nous. Si je n'avais pas cette histoire inachevée, ma vie serait-elle si trépidante au fond ? Le fait qu'elle me soit arrivée à moi, qu'elle fasse pleinement partie de ma vie, me donne chaque jour l'envie de voir plus loin pour savoir ce qui va se passer, si quelque chose va changer. Et c'est vrai que, en la regardant de ce point de vue là, c'est quand même plutôt plaisant. Qu'on se dise bien les choses, j'aurai toujours de l'amour pour lui, dans un coin caché de mon cœur, je le sais, je l'accepte, c'est comme ça et aucun jugement ne changera cela.

Je pense qu'il y a des choses qui ne s'expliquent pas. Mon amour pour lui en fait partie. C'est une réelle souffrance, mais c'est OK.

Chapitre 12 _ La masse.

Mais elle devient parfois trépidante d'une façon beaucoup moins drôle, plus stressante, plus inquiétante. Je crois que, pour une fois depuis bien longtemps, hormis ma tête et mon moral, c'est mon corps qui a été un peu chamboulé. Je me doutais bien que, à l'allure où les pensées et les émotions m'ont maltraitée, il arriverait un moment où mon corps serait attaqué. Mon ostéopathe m'avait dit une fois que les chocs émotionnels pouvaient être bien plus destructeurs pour le corps qu'un choc physique. Je me rappelle cette fois où j'étais venue la consulter, car mon dos me faisait très mal. En examinant chaque partie de mon corps, elle m'avait dit « vous avez la gorge nouée » et c'est vrai que, depuis plusieurs mois, je sentais qu'elle me gênait. La déglutition était toujours compressée et j'avais tendance à me masser régulièrement le cou en pensant que cela le détendrait un peu. Je lui avais demandé si le fait d'avoir souvent le dos bloqué pouvait engendrer cette sensation désagréable dans ma gorge. À cela, elle m'avait répondu simplement :

« Je vous l'ai dit, vous avez la gorge nouée. »

Puis elle avait repris :

« Il y a là beaucoup de mots coincés, de choses que vous aimeriez dire, mais qui ne sortent pas. Vous avez beaucoup de colère en vous et votre foie en pâtit. »

À ces mots, je me souviens de m'être effondrée tout en essayant de retenir désespérément mes émotions.

« Ne vous retenez surtout pas, évacuez », m'avait-elle dit compatissante.

L'émotion avait abîmé ma gorge.

Et voilà que, aujourd'hui, je me retrouve avec une douleur aiguë et persistante sur le côté droit du ventre. À première vue, elle ressemble à cette fameuse douleur que l'on ressent lorsque l'on a l'appendice qui s'enflamme. Je l'ai reconnue immédiatement et au cas où (car je ne suis pas médecin) j'ai préféré aller voir sur internet s'il était possible d'avoir deux fois l'appendicite. Bon, tu t'imagines bien que la réponse est « non », puis en y réfléchissant bien – mais ça, bien sûr, ça ne vient qu'après –, si tu t'es fait opérer, tout comme moi, c'est qu'ils te l'ont enlevé et, jusqu'à preuve du contraire, l'appendice n'est pas une petite plante qui repousse...

J'ai attendu lundi, mardi, mercredi. Puis la douleur est devenue de plus en plus forte, jusqu'à ce qu'elle me gêne pour tenir debout. Ma maman a décidé de m'emmener aux urgences où j'ai été trimballée de service en service et d'hôpital en hôpital. Je crois que je n'ai jamais été autant piquée en si peu de temps. Mes bras sont devenus bleus, puis verts, puis je suppose qu'ils deviendront noirs au bout d'un moment. En me piquant, la dernière infirmière m'a dit :

« Attention, je pique, ça va, vous n'avez pas mal ? »

J'ai eu envie de rire.

« Ne vous en faites pas, je crois que j'ai pris l'habitude », lui réponds-je en souriant et en lui montrant mon autre bras.

— Ah oui, en effet, c'est la combien ? me demande-t-elle gênée.

— La cinquième en trois jours », lui réponds-je en riant.

Bon, je te passe les détails des superbes échographies internes que j'ai passées au service gynécologique. Avec la chance que j'ai, ils m'en ont fait passer deux en deux jours, histoire d'être sûrs que mon utérus était bien le même que la veille. Et puis, de fil en aiguille et d'imageries en imageries médicales, on a fini par trouver une anomalie posée là, entre un ovaire et un moignon d'appendice. « Une jolie collection », qu'il m'a dit, l'échographiste ! À première vue, tu t'imagines que tu as un bel intestin grêle et que ton colon est prêt à passer en première page du magazine santé de l'année : « Un colon irritable ? Suivez votre guide du mois et reprenez la forme ». Alors, de la manière la plus naïve et enfantine du monde, je lui demande :

« Qu'est-ce que vous appelez « collection », docteur ?

— C'est une masse », me répond-il.

Il faut passer un scanner en urgence. L'échographiste a été très étonné de m'entendre lui répondre que je n'avais eu aucun choc physique. Et puis je lui ai parlé du seul choc que j'avais eu le vendredi 13 février 2015 – faut pas être superstitieux – : accident de voiture, 70 km/h dans un poteau de portail à 8 heures du matin. Un réveil assez brutal, je te l'accorde. Il m'a dit que ça remontait trop pour que ce soit ça qui ait causé l'apparition de la masse. Et puis, en sortant, j'ai repensé à ce que m'avait dit mon ostéopathe sur les chocs émotionnels. Et si la disparition de mon Papa en était en partie la cause ? Tu veux vraiment que je te dise ? Au fond de moi, je me dis que c'est complètement possible. Mais ça, un médecin ne le confirmera pas. Ils préfèrent quand il y a une cause réelle et palpable. Moi, je pense que si je le ressens de cette façon, ce n'est certainement pas pour rien.

Et voilà comment la page du magazine se retrouve déchiquetée dans le coupe-papier et se transforme en une espèce d'amas visqueux, liquéfié et transparent. Ça fait moins rêver d'un coup. Nous en sommes là, mon colon, mon intestin grêle, mon moignon, mon ovaire, ma douleur et moi, ah et toutes les questions qui slaloment entre ce beau petit monde ! Alors, bien sûr, je ris là, comme ça, parce que je ne vais pas pleurer non plus. Mais, ouais, j'avoue, je suis terrorisée. En fait, tu ne le sais peut-être pas, mais figure-toi que tu vas tout apprendre en même temps que moi. Tout ce que je t'écris est réellement en train de m'arriver, là, maintenant, tout de suite. J'écris du canapé de mes parents, qui m'ont récupérée, parce que j'étais tellement nerveuse et à bout de nerfs ce matin qu'ils ont préféré me garder avec eux ce soir. Tom, lui, n'est pas là. Non pas par choix, mais plutôt parce qu'il est en voyage loin d'ici pendant trois semaines et qu'il fallait forcément que ça m'arrive maintenant. C'est drôle, cette situation pourrait devenir limite comique si elle n'était pas réelle. Malheureusement pour moi, elle est vraie tout comme ce livre – mis à part quelques passages, je te l'accorde.

Donc, voilà, j'ai quelque chose dans le ventre dont personne ne connaît ni la nature ni la provenance. C'est extrêmement douloureux et gênant et, en plus, Tom n'est pas là pour me soutenir physiquement. Vingt messages ne remplaceront jamais un bisou. Mais j'ai l'intelligence de me dire que vingt messages c'est déjà bien pour voir qu'il est perdu au fin fond de la pampa népalaise. Alors je me contente de ça et vu que je lui ai promis que je ne l'attendrais pas, parce que « dans tous les cas, il va revenir », j'évite de compter les jours et je me dis que mon câlin arrivera quoi qu'il arrive. Une fois mon scanner passé, le médecin me demande de m'asseoir, car c'est « un miracle que je sois encore debout ». Je ne sais pas quoi penser de ce commentaire, j'essaie d'avoir des explications, mais, à la place, il demande à ma Maman d'aller en salle d'attente des urgences et, moi, il m'installe sur un lit. Au bout de 30 minutes, on pousse mon lit dans une salle, car « le médecin veut me parler en privé ». Je continue de pleurer tant l'angoisse monte au fur et à mesure des minutes. Ma Maman ne peut même pas venir avec moi pour me consoler, je me sens très seule. Et, pour le coup, pas forte du tout.

Le médecin arrive enfin et m'explique que j'ai effectivement un amas liquide dans le ventre, qu'on ne sait pas trop pourquoi il est là, qu'ils pensaient que c'était en rapport avec le moignon d'appendice, une inflammation par exemple. Mais non, ils ne savent pas ce qui a pu provoquer ce phénomène. Il y a un épanchement, c'est-à-dire du liquide qui sort de la masse et c'est ce qui provoquerait la douleur. Il me propose soit de rester une nuit à l'hôpital pour être sous surveillance et attaquer le traitement, soit de rentrer chez moi et d'attaquer le traitement. Je choisis la deuxième option, elle me paraît plus réconfortante. Je dois prendre rendez-vous avec un gastro-entérologue pour passer une coloscopie (Moi qui ai toujours rêvé d'en faire une...) et puis aussi une IRM, histoire de voir si le traitement a fonctionné.

C'est fou comme la vie peut vous remettre vite à votre place en un claquement de doigts. D'accord, je ne sais pas ce que j'ai, non je ne suis pas à l'article de la mort, mais quand on t'annonce qu'il y a un corps étranger à l'intérieur de toi et que personne n'est en mesure de t'expliquer ce que c'est, je t'assure que toutes les possibilités sont ouvertes et en alerte dans ta tête. Autant te dire aussi que tu as tout le temps de les voir défiler, tes pensées, car, malgré leurs efforts, tout est toujours trop long dans le corps médical quand on a mal. Mais je ne les pointe pas du doigt car tu es, tout comme moi, au courant du travail exceptionnel qu'ils font, de l'importance capitale de ces personnes sur cette terre et du manque exaspérant de moyens humains, matériels et financiers, ce qui rend leur travail bien plus compliqué qu'il ne l'est déjà. Il faut donc prendre son mal en patience et ma technique pour éviter de trop cogiter, figure-toi que c'est d'écrire ce livre. J'utilise cette technique pour chaque chose qui me pèse, dont toute l'histoire que tu as pu suivre depuis le début.

Ça ne m'empêche pas d'y repenser, bien sûr, puisque je l'écris, mais j'étale ça quelque part et j'essaie de l'arranger quelques fois d'une façon peut-être plus jolie, avec de meilleures formes, une belle syntaxe, mais, surtout, l'écrire de la façon dont je le ressens.

Étant donné que je ne suis pas à l'article de la mort non plus, j'ai pu pleinement profiter de la présence de ma sœur qui est venue passer quelques jours en famille. Si tu savais le bien que ça m'a fait ! Moralement, la flèche est remontée très haut, ça m'a permis de revoir un peu de couleur dans ce brouhaha de gris. Nous avions beaucoup de choses à partager, notamment tous ces événements qui me sont arrivés. Je lui ai tout dit, je savais à quel point ça lui ferait du bien d'entendre tout cela. Elle était émue et si heureuse de voir que toutes les croyances sur la vie après la mort, qu'elle tenait si fort près d'elle depuis longtemps, non seulement se concrétisaient mais en plus pouvaient, par le biais de Papa, avoir un impact sur sa vie à elle aussi si elle ouvrait un peu plus les pupilles... Il n'a d'ailleurs pas mis longtemps à lui faire coucou, j'imagine qu'il savait qu'elle était là et qu'il lui serait plus facile de lui faire part de sa présence.

Un soir, je lui ai proposé d'essayer ensemble de l'appeler. Après tout, il était venu bon nombre de fois à moi alors pourquoi ne pas lui demander de venir à nous ? Nous nous sommes installées sur le canapé et nous avons donc commencé à l'appeler. Au fur et à mesure que nous le demandions, ma chaudière ne cessait de se remettre en route, la température de la pièce redescendait de quelques degrés puis essayait de remonter tant bien que mal avec le mécanisme des quatre chauffages installés aux quatre coins de l'appartement. Et puis, doucement, il y a eu cet air froid qui s'est installé entre nous, des petits courants d'air qui disaient « coucou, je suis là », des petits courants tout doux qui sont devenus de plus en plus intenses. Et c'est là, dans le sourire ému de ma sœur, que j'ai compris qu'elle savait que c'était lui. Elle sentait que sa main était comme enveloppée par ce qui pourrait être la sienne. « Coucou, je suis là » qu'il répétait dans chaque courant d'air. J'ai réalisé à quel point mon petit Moi avait eu la chance de le sentir depuis tout ce temps, quand ma sœur recherchait encore sa présence. J'aurais peut-être dû lui en parler avant, lui permettre d'être plus sereine pour sa vie future, lui rendre un peu le sourire. Mais les fatalistes me répondront qu'avec les « si » on pourrait refaire le monde. Autant j'ai toujours été d'accord avec cette phrase, autant mon petit Moi émet quelques petites réserves. Il a justement cette tendance à aimer refaire le monde et Dieu sait qu'il en aurait revisité des pages du passé pour en changer l'écriture. Mais comme disait William Ernest Henley, je cite, « je suis le maître de mon destin, le capitaine de mon âme ». Nous seuls pouvons mettre les « si » à condition qu'ils soient posés à l'instant T.

Cette nuit, j'ai senti un poids se déposer en haut à droite de mon ventre. J'avais cette sensation de froid doux et reconnaissable entre mille. Je suis sûre que papa était là. C'est comme s'il me massait le ventre, je sentais l'air effleurer de haut en bas ma peau qui réagissait, frissonnante à son contact. Ça m'a réveillée à 4h30 du matin. J'ai allumé la lumière et je l'ai senti partir. Ne me demande pas comment c'est possible, moi-même je ne comprends pas encore tout mais le fait est que je sais qu'il partait à ce moment-là. Le ressenti, les vibrations, la conviction. C'est tout.

J'ai fini par me rendormir et voilà que, ce matin, je sens tout au fond de moi que ce contact ne m'a pas suffi. De toute façon, qu'on se le dise, il ne sera jamais suffisant, c'est une certitude, car il ne pourra jamais remplacer la chaleur de ses câlins. Alors j'ai décidé qu'aujourd'hui je me rendrai à « Mon petit moi m'a dit » avec la conviction d'avoir des choses à apprendre.

Ton petit Moi, c'est aussi ça, une petite idée, une sensation, qui se place quelque part en toi et qui ne te lâche pas si tu lui prêtes de l'attention. Dis-toi bien que lorsqu'elle arrive, ce n'est pas pour rien, c'est qu'il y a quelque chose à creuser derrière. Il faut avoir foi en toi, car tu ne marches qu'avec toi-même.

Mon petit Moi s'éveille, cela faisait un petit moment que je ne lui prêtais pas d'attention, j'ai eu tendance à me laisser porter par mes blessures physiques, terriennes si je puis dire. Humaines. Il était temps qu'il me secoue, qu'il me montre que je ne suis pas un simple corps, mais bien plus encore, qu'au-delà de cette chair, je suis Moi et que ça, ça vaut bien plus que toutes les choses palpables de ce monde.

Me voilà devant cette vitrine. Le soleil brille sacrément aujourd'hui et, pour une fois, la vitre n'est pas envahie de buée, je peux voir clairement l'intérieur – vide –, les chaises et tables seules au milieu de cette pièce. J'entre, le petit son de cloche retentit. Ça faisait longtemps. Je ne peux m'empêcher de sourire. J'emprunte le chemin qui me mène de force à la table que j'ai déjà pas mal de fois convoitée. Je ne cherche pas à le dévier, c'est cette table qu'il me faut, pas une autre.

« Je suis là, », dis-je à voix haute.

Et j'attends quelques secondes.

« Je suis là », répété-je.

Mon côté frustré de la vie me dirait de me braquer, de dire que ça ne sert à rien et de partir d'ici. Mon côté têtu me dirait de tout mettre entre parenthèses.

Mon côté excessif me dirait d'enlever les parenthèses et de tout oublier.

Mon côté nostalgique me dirait d'y repenser et de regretter.

Puis je me rends compte qu'aucun de ces côtés n'est assez puissant pour me contrôler. Rien, à ce moment précis, ne peut venir me déstabiliser. Je suis là, pleinement là. L'instant présent. Carpe diem. Je sais que j'ai quelque chose à savoir, je sais que mon petit Moi m'a emmenée ici pour apprendre et je compte bien lui faire confiance.

Je suis dans l'attente depuis environ 2 heures qui ne m'ont bizarrement pas paru si longues. J'ai du temps à gagner, je le sais.

Et puis, voilà, la lumière au-dessus de ma table s'allume. Je n'ai pas peur, je suis heureuse. Doucement, elle clignote. Alors c'était vraiment lui depuis tout ce temps ?! Depuis des mois et des mois, je changeais les ampoules de mon appartement, car elles se mettaient à clignoter jusqu'à péter. Tout au fond de moi, je me disais que c'était peut-être lui. Mais il m'était difficile d'en être sûre, comment veux-tu confirmer ça ? Alors j'en avais parlé à personne et je me ruinais à changer mes ampoules chaque mois.

« Coucou mon Papa », lui dis-je.

Je sens l'air se glisser en haut à droite de mon ventre juste en dessous de ma poitrine. Ça me rappelle cette nuit, j'avais raison de penser que c'était lui. De toute façon, tu veux que je te dise ? Si au fond de nous on le ressent, c'est que c'est vrai. L'air est gelé, ça me donne des frissons sur tout le corps. Mais, d'un coup, cette sensation étonnement agréable, malgré l'endroit où elle est située, se transforme en une douleur aiguë. Ça commence à me faire tellement mal. L'effet d'un pincement très fort à l'intérieur de moi qui me tétanise complètement et que je ne peux absolument pas contrôler. Puis, au moment où la douleur est telle que l'envie de crier est proche, plus rien. Plus aucune douleur, comme s'il n'y en avait même jamais eu. Ça a duré peut-être dix secondes, mais, bon sang, que c'était douloureux.

Ma colère aurait dit un truc du genre : « Alors c'est pour ça que tu me fais venir ? Tu ne crois pas que j'ai déjà assez mal pour en rajouter ?! »

Ma déception aurait dit : « Je ne veux plus te voir ».

Ma tristesse, quant à elle, m'aurait fait pleurer.

Mais ma raison a dit : « Que cherches-tu à me dire, Papa ? »

Et ça s'en est fini là. Plus d'air, plus de lumière, plus rien. Il est parti. Je le sais.

Alors je suis sortie de là, bouleversée, comme à chaque fois. Pendant que je conduisais, j'ai senti une petite interrogation se glisser dans mon oreille.

« Qu'est-ce qu'il y a à cet endroit du corps ? »

Cette interrogation est restée assise sagement sur le bord de mon oreille jusqu'à ce que j'arrive chez moi. D'abord, je me suis ruée dans la salle de bain où je me suis installée devant le miroir. J'ai soulevé mon pull. Peut-être que cette douleur a laissé une marque ? Mais rien du tout. J'ai alors pris mon téléphone, et j'ai regardé des images du corps humain sur internet.

Le foie.

La petite bête qui te bouffait le foie te faisait donc si mal ? C'est ça que tu as essayé de me dire ? Mais pourquoi ? Je n'ai aucun doute sur le fait que tu as souffert, pas plus que j'ai de doute sur le fait que tu as été tellement balaise que tu n'as rien laissé paraître. Que faut-il que je comprenne ?

Bertrand m'a bousculée dans mes questionnements. Un message qui m'a fait beaucoup rire, alors que j'étais à deux doigts de pleurer.

« L'humain a créé le badminton pour permettre aux femmes d'avoir, pour une fois, un volant dans les mains sans faire de blessés. » Bertrand, c'est le mec dont je te parlais plus haut, tu sais, l'ami avec qui tu es sûr de passer une bonne soirée si tu le croises. Bertrand est le parfait exemple de ce type-là.

« Merci pour ton humour qui tombe toujours à pic ! » lui réponds-je.

Deux minutes après, je reçois un nouveau message.

« Avec plaisir ! Je t'ai croisée en voiture et je te remercie de m'avoir laissé la vie sauve ! Bisous, à très vite. »

Il m'a mise K.O.

Chapitre 13 _ Mes amours.

Cet après-midi, je vais boire le café avec les filles, on se voit régulièrement d'habitude, mais, là, je dois avouer que je me suis un peu renfermée depuis quelque temps.

« Une revenante ! On a bien cru que tu y étais passée ! me dit Madi.

— Alors, ma petite masse, comment tu vas ? » s'exclame Sarah. (C'est le nouveau surnom qu'elle me donne depuis qu'on a appris l'existence de ce truc dans mon ventre.)

— Est-ce que, un jour, j'aurai le droit à un surnom un peu plus classe ?! demandé-je dépitée.

— Bon, alors, raconte-nous pour Tom ! demande Tarra.

— Il est monté comme un cheval ! Ça te va comme réponse où tu veux connaître les centimètres ? lui réponds-je en pouffant de rire.

— TOUT, on veut absolument TOUT savoir ! » répond Madi toute contente.

Bon, je te passe les détails (ne t'inquiète pas, je n'ai jamais mesuré). Les sujets intéressants du jour étaient : l'existence de Tom, Madi qui retourne toujours vers des mecs cons, Tarra sur les sites de rencontres (je ne te cache pas que nous avons passé un moment à faire défiler les photos en y ajoutant très vulgairement quelques petits commentaires qui ne font rire que nous), ce qu'on amène à la soirée de samedi prochain (Sarah se demandait déjà ce qu'elle allait mettre pour l'occasion). Ensuite, on a parlé de sujets un peu moins oufs mais qui, il y a quelques semaines en arrière, faisaient pourtant la première page de nos conversations :

- La disparition de Léo.

- Qu'en est-il de Léo ?

- As-tu oublié Léo ?

- Où sont passés tes sentiments pour Léo ?

- Quel est le secret de Tom ?

- Tom est-il magicien ?

Et pour finir :

- Où peut-on trouver quelques sosies de Tom pour vivre mieux nous aussi ?

Voilà, alors j'imagine bien que tu penses, en m'ayant lu, connaître toutes les réponses à ces questions, mais je suis désolée de te dire que ce n'est, en fait, pas vraiment le cas. Il n'y a que moi qui sache vraiment ce qu'il y a dans mon habitacle de l'Amour – et les filles aussi puisque j'ai répondu véritablement à leurs questions –, mais ça restera entre elles et moi. Ce fut encore une sacrée séance de papotages et de caféine. C'était cool.

Tu sais, j'ai une chance inouïe de les avoir près de moi. Je profite de ce livre pour leur dire des choses qu'elles n'ont pas forcément l'habitude d'entendre de ma part. Je suis un peu la copine qui ne répond pas toujours aux messages, ou alors qui met trop de temps à répondre. Elles me l'ont d'ailleurs déjà plusieurs fois reproché, ce que je comprends. Mais, tu vois, elles savent que ce n'est pas parce que je m'en fiche, c'est juste que c'est comme ça, je suis comme ça, je reporte très souvent les choses au lendemain et elles l'acceptent. J'espère qu'elles savent qu'elles peuvent compter sur moi. Il arrive qu'à des moments, je ne puisse pas aider comme j'aimerais, je ne peux pas être présente à tout, ni même venir sur un claquement de doigts comme Madi sait le faire, je ne sais pas suivre une conversation groupée jusqu'au bout, ni même y participer chaque jour. Je n'envoie pas forcément de messages pour prendre des nouvelles, mais ça ne m'empêche pas de penser à elles. Je sais que j'ai beaucoup de petits défauts, qui parfois peuvent agacer. Mais ce qu'il y a de sûr, c'est que l'Amour que j'ai en moi, pour chacune de leurs petites bouilles, est gigantesque. Et même si je ne le montre qu'aux grandes occasions, j'espère qu'elles en sont conscientes...

Je comprends ma chance d'être entourée de si belles personnes, que ce soit dans ma famille ou mes amis. Je pense à ceux qui doivent passer des étapes similaires, et qui sont seuls pour les traverser. Je les respecte tellement... Eux, ils sont balaises. Il y en a même qui ne se plaignent jamais...

Des fois, je m'en veux de me plaindre mais mon petit Moi me recadre immédiatement en me disant que chacun est comme il est, que certains sont hypersensibles (comme moi) et que d'autres préfèrent garder tout à l'intérieur. Je comprends ensuite que je n'ai pas à m'en vouloir pour les différentes réactions que j'ai pu avoir, c'est juste que c'est comme ça. Et puis, ce n'est pas grave.

Quand je pense à mes frères et à ma sœur, je remarque à quel point ils font partie de ces gens balaises. Ils gardent beaucoup pour eux, avancent quoi qu'il arrive. Ils se prennent en main et n'ont pas autant besoin des autres pour y arriver. Des fois, j'en oublierais presque qu'ils ont vécu la même chose que moi tant leur force les pousse à faire « abstraction » de l'événement. Peut-être aussi qu'ils attendent d'être seuls pour pleurer un bon coup ? Nous n'en parlons pas vraiment et c'est un certain frein qui est mis entre nous. Je ne sais pas comment leur en parler, j'ai peur de les déranger, de leur rappeler des mauvais souvenirs... Ça ne devrait pas être comme ça, enfin je pense. Tout devrait être naturel entre nous, mais ce sujet est à prendre avec des gants. Alors je me dis que, là aussi, ils apprendront des choses me concernant. Ce livre est un réel refuge pour moi, je me mets à nu, pour l'instant il n'est encore lu que par moi-même. Peut-être qu'un jour ils le liront aussi... J'espère juste qu'ils ne seront pas trop tristes de lire tout cela, mais aussi qu'ils ne m'en voudront pas.

J'ai tellement d'Amour en moi, tant de mots qui aimeraient sortir mais qui, par pudeur, restent à l'intérieur. Alors, j'en étale quelques-uns en passant dans ce livre, ça libère un peu et puis ça ne fait de mal à personne. Ce que j'aime avec les mots, c'est lorsqu'ils sont posés et que l'on peut les relire à n'importe quel moment. C'est une marque, comme un tatouage que l'on fait sur une page que l'on a juste à tourner pour l'admirer.

Alors, voilà, c'est une sorte de tatouage à vie que j'écris là. Un tatouage que je partage avec toi et tous ceux qui le liront aussi. Le tatouage d'une vie. Ou, du moins, d'un passage compliqué et à la fois instructif.

Chapitre 14 _ Cinq cm.

Nous sommes début mars et les arbres sont déjà fleuris. Cette planète va mal, je ne le dirai jamais assez.

J'ai quitté mon travail. Je n'arrivais plus à gérer le poste que l'on m'avait confié. J'ai voulu faire bien, j'ai donné beaucoup de ma personne pour être à la hauteur de ce que l'on me demandait. Mais gérer une école entière en ne connaissant ni le personnel de l'éducation, ni les enfants, ni les parents, ni même le fonctionnement de l'établissement, je crois que ça a été trop pour moi. Je n'ai pas su mener cette mission jusqu'au bout. Ma santé en a pris un coup et mon mental a compris que j'avais poussé mes limites trop loin. Je prends ça comme un échec. Je n'ai pas osé retourner voir mes collègues pour leur dire au revoir. Je me sens mal dans tous les sens du terme et j'aimerais me cacher au fin fond d'une grotte.

Le traitement a dû être changé, car je ne le supportais pas, il me rendait malade. Le nouveau me va mieux, mais, pour l'instant, j'ai toujours mal. Ils m'ont donné des médicaments à base d'opium pour me soulager. Je comptais vraiment dessus, mais, rien à faire, j'ai toujours autant mal.

J'ai passé une nouvelle IRM lundi dernier. Il y a autre chose qui a fleuri à l'intérieur de moi. Et tu ne me croiras jamais ! Ce n'est pas une fleur. D'abord, je me suis arrêtée pour relire, ensuite j'ai tout rangé, je suis allée à ma voiture et puis j'ai rouvert la grosse enveloppe blanche et j'ai ressorti le bilan.

Ils ont trouvé une nouvelle masse. Elle est là, bien installée, bien nourrie. Cinq centimètres de poids sur mon foie. Elle prend un peu de place. Ça fait beaucoup. J'imagine la taille d'une clé USB. Avec des infos dedans, mais je ne sais pas encore lesquelles.

Alors, c'était donc ça ?

Je pars directement à « Mon petit moi m'a dit », mon cœur palpite fort et cogne contre ma peau.

« Rien de grave, rien de grave, rien de grave », me répété-je en boucle dans la tête.

Mes jambes flageolent et ont du mal à toucher le sol sans vaciller, ma main atteint la poignée de la porte avec beaucoup de peine et ouvre, tremblante, celle-ci.

« Cancer » me répète bêtement le cerveau, « calme-toi » me dit mon esprit, « attends » dit mon âme. Puis la lumière au-dessus de ma table s'allume. Je me dirige vers celle-ci, larmes aux yeux, je m'assieds fébrilement. J'ai envie de pleurer, mais je me raisonne au maximum pour que les larmes ne tombent pas.

« Relativise », me dit mon petit Moi.

Je sens de la chaleur, elle me brûle presque la peau au niveau du foie. Comment te dire... C'est une chaleur réconfortante. Elle me dit que ça va aller, qu'il ne faut pas que je m'inquiète. Mon palpitant ralentit et j'arrive à percevoir, tout au fond de moi, une sorte de soulagement restreint mais persistant.

Mes émotions me jouent des tours.

« Coucou, tu crois que tu vas nous laisser partir comme ça ? Tu as vraiment cru que de nous écrire était le moyen le plus facile pour te débarrasser de nous ? Tu nous as sous-estimés, ma cocotte. Alors, écoute bien : non seulement nous sommes toujours là, mais en plus nous nous attaquons petit à petit à ton système immunitaire, et si tu ne comprends toujours pas que nous sommes importantes pour ton avancé de vie, nous continuerons de chagriner tes organes. Alors, soit tu nous prends réellement en compte une bonne fois pour toutes et tu vides tout ce que tu dois cracher auprès des personnes concernées, soit tu continues de tout garder pour toi ou de l'évacuer bêtement sur papier et, dans ce cas, tu n'as pas fini d'en chier. Alors un conseil, fous-toi des claques, secoue ton clito et va régler tous ces « non-dits », parce qu'elle est belle ta retenue, mais elle te détruit. P.S : Jamais deux sans trois. »

Dans l'après-midi, j'ai reçu un appel de mon médecin pour m'expliquer les résultats de l'IRM. C'est un nodule qui s'est fourré là. Mais, d'après eux, il n'y a pas d'alerte. Il est imposant, mais pas méchant. Ouf, ça fait du bien d'écouter ça. Tu veux que je te dise ? J'ai vraiment gardé en tête ce que mon ostéopathe m'avait dit. Ma colère, je crois qu'elle a fait des dégâts.

Chapitre 15 _ Confinement.

Tu ne vas pas me croire, enfin si tu vas certainement me croire, car tu dois vivre la même chose que moi en ce moment. Depuis décembre, on entend parler d'un virus qui viendrait, paraît-il, de Chine et qui contamine à une vitesse fulgurante. Eh bien voilà, il a dépassé la frontière, après avoir touché en masse la Chine, l'Italie et l'Espagne, il a débarqué en France et s'est tellement accroché rapidement aux hommes qu'il a mis un sacré bazar ici. Je t'explique la situation. D'abord, ils ont fermé les écoles, collèges, lycées... pour éviter la propagation, puis, finalement, ils ont carrément enfermé la population chez elle pour éviter les contacts. Je te le fais en bref, mais en gros, voilà, nous en sommes là. Je t'écris de chez Tom où mes pieds n'ont pas touché le goudron depuis une semaine et un jour tout pile.

« Confinement », « Nous sommes en guerre », bref je te laisse imaginer le scénario catastrophe dans lequel on se trouve. Bon, alors, les zombies ne sont pas encore arrivés ici, quoique, de mon balcon, je t'avoue que je vois passer des gens un peu chelous, entourés de papier bulle au cas où le virus croiserait leur chemin. Il y a même des personnes qui, n'ayant pas de masque, trouvent le moyen de mettre leur nez et leur bouche dans une basket. Il n'est peut-être donc pas utile que je te précise que je passe la plus grande partie de mon confinement assise au balcon à me moquer éperdument de la bêtise humaine. Il paraît qu'on va nous annoncer encore cinq semaines de confinement, je n'ai pas fini de voir des trucs loufoques, de quoi alimenter les pages de ce livre !

Bref, tout ça pour dire que je croise les doigts pour que mes petites masses se portent bien et qu'elles restent bien au chaud sans me causer de douleurs, car autant te dire que s'il y a bien un endroit à fuir (surtout) en ce moment, c'est l'hôpital. Si tu vas là-bas, c'est cuit pour toi, mon coco, tu arrives avec trois masses non identifiées et non seulement tu repars avec elles mais en plus tu te tapes le virus des Chinois et si t'as de la chance, les médecins t'offrent un paquet de pâtes – l'époque de la sucette est révolue.

Ouais, je sais, il est possible que tu ne comprennes pas trop la blague des pâtes si tu n'étais pas en France à ce moment-là ou tout simplement pas déjà né. Ce n'est pas grave, mieux vaut ne pas savoir, tu trouverais ta mère, tes cousins, ta belle-mère, ton grand-père et tout le reste de ta famille complètement teubés. Reste dans le flou, vraiment, ça vaut mieux pour l'estime que tu te fais d'eux. Au passage, dis-leur de me remercier d'avoir tenu ça secret, parce que j'aurais aussi pu parler du PQ et ainsi ruiner leur vie.

(Je n'ai jamais vu autant de gens jouer au foot avec du papier toilette.)

Je peux également tirer un trait sur mes décisions d'écouter mes émotions et de les libérer auprès de ceux qui les ont créées. Va encore falloir que je trouve le moyen de les garder au chaud et de ne pas les laisser trop s'extérioriser. Sérieux, on me lance de sacrés défis depuis quelque temps. J'espère au moins que, à la fin de tout ça, j'aurai le droit à un bon plat de tomates farcies avec du riz !

Aujourd'hui, je vois mon amie Amélie. J'aime les moments avec elle, car ils sont doux, sérieux et à la fois disjonctés. Je passe du rire aux larmes pendant nos discussions. Ce que l'on aime, c'est chanter. Ce confinement nous permet de prendre du temps pour ça et c'est tellement libérateur qu'on pourrait faire ça tous les jours. C'est un peu d'ailleurs ce que nous faisons finalement. On aime boire nos cafés en racontant nos vies et celles des autres. Puis, en général, le soir, il nous est toujours difficile de nous quitter, alors on s'ouvre une bière et on continue à étaler nos ressentis, nos envies, nos espoirs, comme de vieilles amies qui se connaissent depuis des lustres et qui, malgré tout, auront toujours quelque chose à se dire.

Cette situation que nous vivons en ce moment est vraiment très étrange, elle me donne la sensation d'un « **stop** » sur la planète, une sorte d' « **arrêt sur image** ». Comme si l'humain avait trop tiré sur la corde et qu'elle s'était cassée.

J'ai cette impression de « **remise à 0** » qui trotte dans ma tête, cette petite idée qui me dit « **on récolte que ce que l'on sème** », tu vois ce que je veux dire ?

L'ouverture des consciences, voilà ce que la Terre nous demande.

« Tu veux que je continue de t'héberger ? »

Alors fais ce que je te demande « **ARRÊTE-TOI** ». Permets-moi de **R.E.S.P.I.R.E.R**, de reprendre mon souffle, de me **D.É.C.R.A.S.S.E.R** de toutes les conneries que tu as mises dans l'oxygène que je te donne pour respirer, de me **L.I.B.È.R.E.R** de ta possessivité, de ton contrôle permanent et de ta **bêtise**. Permets-moi de me **P.R.O.T.È.G.E.R** de Toi que j'ai pourtant accueilli avec Amour lorsque tu es arrivé et de **S.É.C.U.R.I.S.E.R** ma faune et ma flore que tu maltraites, que tu abîmes, et que tu ne respectes pas. De me **R.E.N.D.R.E** cette si jolie nature que j'ai partagée avec Toi et que tu as détruite.

Tu as besoin de t'arrêter et j'ai besoin que tu te recentres sur Toi-même.

Nous ne faisons qu'un, mais tu t'entêtes à vouloir faire des millions. POURQUOI ? Tant que tu ne comprendras pas cela, je continuerai à t'envoyer tous les « Stop » que j'ai en réserve. Ne joue pas trop au con, on sait très bien, Toi et Moi, qu'à la fin, la Nature reprend toujours ses droits.

Est-ce que tu veux que je te dise le meilleur dans tout ça ? C'est que lorsque le confinement sera fini, tout le monde reprendra sa vie à 120 km/h.

J'aurais préféré ne pas m'attarder trop longtemps sur le sujet du confinement, mais étant donné qu'on nous a annoncé que nous serons enfermés un mois de plus, je n'ai pas trop d'autre choix que de t'en parler plus longtemps. Le papier bulle, c'est terminé, maintenant on est sur un défilé de bonnets, lunettes, masques, double paire de gants. Il fait 25 degrés. Je te laisse imaginer le truc.

Tom et moi avons réaménagé le balcon en jardin tropical. Moi qui suis phobique des guêpes, je n'ai pas fini de me chier dessus. Nous sommes devenus cuistots de presque « grande gastronomie » et après avoir tambouriné comme il faut sur le bonne bouffe bien garnie, on s'est dit qu'il était peut-être temps de s'intéresser à une alimentation allégée. C'est d'ailleurs comme ça que j'ai fini par faire un brownie allégé à la compote de pommes sans sucre ajouté (tu devrais goûter, c'est extra !). C'est le seul moyen qu'on a trouvé pour éviter de ressembler à deux loukoums à la sortie. Très honnêtement, je crois que c'est pour tout le monde pareil, à part pour ceux qui s'en branlent bien entendu. Du coup, en plus des séances de cuisine, je fais des séances de sport, histoire de maintenir un minimum d'hygiène vitale.

C'est drôle, depuis que je suis enfermée, je réalise à quel point la vie à 100 à l'heure ne me convenait pas. Je me rends compte que de poser le cerveau une bonne fois pour toutes me procure du plaisir à ne plus savoir qu'en faire. J'ai LE TEMPS et, ça, c'est merveilleux. Mes douleurs se dissipent, mes angoisses s'envolent, mes pensées s'évaporent et tout ça en l'espace de quelques semaines. Une vraie bulle de sérénité. Autant te dire que le retour à la vie normale ne m'enchante pas vraiment, même si, bien sûr, comme la majorité des gens, sortir et voir du monde me manque, mais, pour l'instant, pas au point de dire « je veux que ça s'arrête ». Mon petit Moi ne prend même plus le temps de me sonner, il ne saurait même pas quoi me dire et, moi, je n'aurais pas le temps pour l'écouter, car, en deux mois, Tom et moi, on a eu une vie exaltante, on est devenus profs de sport, cuisiniers, décorateurs d'intérieur, jardiniers, diététiciens, experts en séries télévisées (si bien qu'on a décidé de devenir producteurs de cinéma), agents d'entretien, chanteurs et musiciens professionnels (on sort un triple album à la fin du mois). À quel moment j'ai le temps de cogiter ? Je n'ai jamais autant appris qu'en restant chez moi, sincèrement.

Cette nuit, je crois que la vie m'a rappelée à l'ordre. Pour la première fois depuis longtemps maintenant, j'ai rêvé de la mort de mon Papa. Tout était exactement comme je l'ai vécu ce jour du 19 octobre, tout à une exception près. Je me rends à ma formation que j'ai commencée en septembre pour un an, accompagnée de ma copine avec qui je fais du covoiturage. Au moment de descendre de la voiture, je remarque que mon thermos de café s'est ouvert dans mon sac et qu'il y en a jusque sur mon siège. Rapidement, je sors mon téléphone de là pour éviter qu'il ne prenne la flotte et, au même moment, il est en train de sonner, c'est ma belle-mère qui m'appelle pour m'annoncer qu'il faut se dépêcher d'aller à l'hôpital, qu'il ne va pas bien, elle est en pleurs et déjà sur la route. Mon pouls s'accélère, les larmes commencent à monter tout autant que mon angoisse, je n'arrive plus à parler, j'ai du mal à exprimer ce qu'il faut exprimer à ce moment-là à mon amie. Elle comprend sans que je n'aie réellement besoin de le dire, elle prend le volant, je suis incapable de conduire. Le trajet me paraît semé d'embûches, comme si tout était fait exprès pour ne pas que j'arrive à l'heure. Un trajet long, trop long. On arrive sur place, on court en direction de sa chambre, la 315. Une infirmière me stoppe, je lui demande si mon Papa est bien dans sa chambre, s'il va bien. Elle est détendue et me répond tout sourire :

« Bien sûr, il est là, il vous attend. »

Mon pouls se calme net. Je ne sue plus, je n'ai plus de larmes, comme si, d'ailleurs, je n'avais jamais pleuré. Un médecin m'attend devant la porte, il connaît mon prénom et m'accueille avec un sourire éblouissant. Mon amie disparaît, je suis toute seule face à cette porte qui me paraît démesurément grande. La poignée l'est aussi, j'ai du mal à l'atteindre, mais mon envie de le voir est telle que je ne me laisse pas impressionner. Je la touche, la tire vers le bas et, pendue à elle, je donne un à-coup pour l'ouvrir. Si tu savais à quel point c'est beau ce que je découvre à ce moment-là de l'autre côté… Des couleurs vives comme il n'en existe pas sur Terre, tellement vives que c'est comme si on avait ajouté des paillettes douces qui les rendent plus luisantes encore. Un mélange de couleurs qui transcendent la pièce et lui donnent un charme que même les plus célèbres peintres du monde ne sauraient égaler. Au fond, je peux voir une balançoire qui flotte dans l'air, elle m'a marquée, cette balançoire, car son assise est en forme de tomate, une tomate d'un rouge vif indescriptible. Je sens le sol s'affaisser sous chacun de mes pas, c'est agréable. Il est tout blanc, éblouissant, je pose ma main dessus pour en découvrir la matière et je me rends compte que ce sont des millions de grains de riz sur lesquels je marche. Je me mets à rire, à rire si fort, tellement fort que je déclenche un autre rire sorti de nulle part, qui paraît venir de loin mais qui se rapproche doucement de moi. Je le vois, il est là, il rit à pleines dents, il a l'air si heureux.

« SURPRISE », me dit-il de son air jovial.

Mes yeux brillent de tous les éclats du monde. De loin, c'est la plus belle surprise qu'on ne m'ait jamais faite.

« Tu peux manger tout ce que tu veux, j'ai déjà commencé, mais, ne t'en fais pas, il y en aura assez pour nous deux », me dit-il en rigolant.

Tout me paraît normal, nous mangeons tous les deux, la frayeur a complètement disparu, n'a même jamais existé. Pas de maladie, pas de décès, rien. Juste lui, moi et les tomates farcies. Nous avons de grandes conversations philosophiques sur la vie, mais surtout sur celle qui existe après la mort. Il me raconte comment il a organisé sa prochaine vie, qu'il aimerait que je tienne un rôle important dedans, qu'il compte garder la chasse et la pêche, mais seulement « faire le pied » pour la chasse comme il dit. Il a plein d'idées et espère qu'elles seront toutes « acceptées ». C'est drôle, on dirait qu'il me parle d'un film qu'il va tourner. Et plus je l'écoute, plus mes pensées se dirigent sur le quotidien, c'est-à-dire que je commence à me rendre compte doucement que je suis en train de rêver. Et plus je pense au fait que je suis en train de rêver, plus je déchante de la situation qui me paraissait jusque-là fantastique. Alors je le laisse parler, mais je ne l'écoute plus vraiment, tant la déception prend le dessus. Et puis il me sort une phrase qui n'aurait pas de sens dans un rêve quelconque, si c'en était vraiment un.

« Tu as l'air ailleurs, ne te laisse pas porter par tes pensées, aussi réelles soient-elles, et profite de ce moment, ma puce, je l'ai fabriqué rien que pour toi. »

Je reste pendue à ses lèvres, les mots qui sortent de sa bouche sont vivants et partent dans l'air poussés par son souffle, se mélangeant lentement aux couleurs jusqu'à disparaître dans leur danse fantasque.

Ils inspirent la bienveillance, ses mots, ils sentent bon et je suis sûre que si j'avais l'idée d'en goûter un, il aurait le goût de barbe à papa. Alors, à ce moment précis, je réfléchis, je me dis d'abord :

« Qu'est-ce que tu croyais, ma fille, franchement... »

Et puis je regarde mon Papa, qui attend sans bouger que je finisse mon monologue interne, avec toujours ce beau sourire tendre qu'il m'adresse et qui me rassure. Et c'est en voyant son sourire que la deuxième interprétation me vient.

« Oh putain la chance que j'ai ! »

Et je souris à nouveau, je le serre dans mes bras, il est doux comme du coton.

« Merci Papa, c'est la plus belle surprise que tu pouvais me faire !

— Joyeux anniversaire ma fille, excuse-moi pour le petit retard, mais il m'a fallu du temps pour arriver à cela. »

Et, ensemble, nous avons continué à parler, à rire, à rire si fort que lorsque je me suis réveillée, j'avais mal à mes zygomatiques. Mon réveil a été merveilleux, il ne m'a pas oubliée. Il m'attend à « Mon petit moi m'a dit ». Ça, par exemple, c'est une des raisons pour lesquelles je serai contente de pouvoir ressortir, la possibilité de me rendre là-bas et de retrouver toutes ces sensations, si étranges soient-elles, et les émotions qui s'en dégagent, revivre ça pour être au plus près de lui.

Chapitre 16 _ Déconfinement.

Après deux mois confinés entre quatre murs, le mot « déconfinement » nous a permis de retrouver nos habitudes de vie quotidienne. C'est le nouveau mot à la mode, je ne savais pas que, entre ces deux mots, seules les lettres « d » et « é » pouvaient changer la vie de milliards de personnes. J'en apprends tous les jours.

Ce qui est sûr en tout cas, c'est que la première chose que j'ai faite en ressortant, c'est d'aller voir ma Maman. Une bouffée d'air frais, d'amour et un plein de positivité pour repartir sur de bonnes bases. Les Mamans ont ce pouvoir extraordinaire de remplir la jauge d'amour en un seul câlin. J'ai rempli la mienne et je l'ai fait déborder pour lui en donner en retour. Après cela, j'ai évidemment retrouvé les filles. Tu imagines bien que Madi avait cent mille choses à raconter. Pour elle, le confinement n'a modifié en rien ses habitudes et je crois même qu'il lui est arrivé encore plus de choses en étant enfermée chez elle. Elle m'épatera toujours. Sarah, quant à elle, est devenue une espèce de fille des bois qui construit des mangeoires à oiseaux, des composts et qui s'est mise à la plantation de fruits et légumes pour éviter de consommer dans les grandes surfaces. Elle va finir par vivre dans la forêt, je vous le dis ! Entre nous, je trouve qu'elle a bien raison. C'est juste que si vous connaissiez Sarah comme je la connais, ça vous ferait forcément rire de voir à quel point elle a changé. Tant que c'est dans le bon sens, ce n'est que du bonheur.

Ce soir, je décide de prendre du temps pour moi. Pour écrire, pour continuer de raconter mon histoire en espérant que cela puisse aider d'autres personnes qui, comme moi, ont du mal à se remettre de la disparition d'un proche. Chaque mot me paraît important pour soigner des blessures. Parfois, je me dis qu'il en suffirait d'un seul pour changer le cours d'une vie, alors je me creuse la cervelle pour trouver celui qui changera la tienne. Je n'ai pas trouvé le mien, mais je crois que, à force de les entasser les uns derrière les autres, je trouve un équilibre. Je crois que j'ai besoin de tous les mots pour m'aider dans mon évolution et si c'est le cas pour toi aussi imprègne-toi d'autant de mots dont tu auras besoin. Je te les donne tous.

L'autre jour, alors que j'étais en balade sur les hauteurs des volcans qui arborent le paysage auvergnat, j'ai eu un appel. Le temps était splendide, un joli jour de début d'automne, je marchais, je me sentais bien, seule au monde parmi les feuilles mortes qui commençaient à tomber des arbres. L'odeur de la nature à ce moment-là, les couleurs et le vent un peu frais me rendaient joyeuse, comme si c'était la première fois que j'utilisais réellement tous mes sens. Comme s'ils étaient surdéveloppés et que je comprenais enfin comment les utiliser. Les couleurs étaient bien plus brillantes, les odeurs bien plus enivrantes, le chant des oiseaux, le bruit des arbres qui valsaient dans le vent, le frottement des herbes sous mes pieds et c'est là, tout près d'une ancienne clairière jonchée de mauvaises herbes et d'immenses traînées de lierre, que je les ai vus. Des dizaines, voire des centaines, de papillons qui volaient, tournoyaient, s'entremêlaient à l'affût du vent qui les entraînait dans sa course folle. Un spectacle magnifique se projetait devant moi, j'aurais aimé te le montrer, pour que, toi aussi, tu sois subjugué par une telle beauté de la nature. C'est d'ailleurs à ce moment précis que j'ai commencé à me sentir de trop. Je faisais tache dans ce paysage unique. Je me rappelle avoir voulu disparaître, être transparente pour ne pas gâcher tout ça. J'ai fermé les yeux et imaginé que je ne les gênais pas, que ma présence n'avait pas d'impact sur la vie de la nature, que j'étais aussi légère qu'une plume d'oisillon et que, en principe, mes pieds et tout le poids de mon corps n'exerçaient aucune pression sur l'herbe qui m'accueillait. Je me trouvais laide face à tout ça, l'humain tout entier était laid. Et pourtant, malgré tout, ils sont venus, et se sont mis à effectuer cette magnifique danse autour de moi, comme si, à leurs yeux, j'en valais la peine. Comme si, j'étais assez jolie pour qu'ils s'intéressent à ma personne.

Et c'est là que j'ai compris.

Tu te rappelles du mot que j'ai choisi pour définir mon deuil ?

Papillon.

Je crois que je lui ai rendu sa liberté.

Il y a des fois où je me demande ce qu'aurait été ma vie si tout cela ne m'était pas arrivé. Je me rends compte de la puissance de la force que j'ai en moi et de l'envie de la partager pour montrer au monde entier qu'elle est en chacun de nous. Je suis fière aujourd'hui d'avoir réussi malgré les circonstances à garder le cap même si cela n'a pas toujours été évident. La solitude m'a pesé un nombre de fois incalculable, tant et si bien que j'ai fini par en avoir peur. J'ai passé mon temps à rechercher la compagnie que je ne savais pas combler seule, pour éviter de n'avoir à parler qu'à moi et de me submerger de mes propres mots. J'ai ressenti nombre de fois le besoin d'aller les dire à d'autres pour ne plus les entasser à l'intérieur de moi. J'ai même écrit un livre pour leur permettre de s'évader un peu. Bien souvent, j'ai échappé à cette solitude, car je n'avais pas conscience de la force que j'avais pour l'affronter. Non pas que je regrette, au contraire, la force des autres m'aura certainement permis d'arriver là où je suis. La solitude m'a terrorisée des nuits entières et voilà que, maintenant, c'est elle que je recherche le plus. La vie est épatante, un jour, elle te fout une baffe et puis après tu l'aimes encore plus.

Après deux mois sans examen, me voilà à quelques minutes de passer une énième IRM qui nous permettra d'en savoir davantage sur l'évolution de cette masse, qui, je dois l'avouer, m'a laissée un peu tranquille pendant le confinement. Cependant, je sens qu'il y a toujours ce petit truc en moi. Des fois, il me rappelle qu'il est installé confortablement entre mes organes, il fait coucou et ça fait mal. Je le dis au médecin qui me répond que nous allons vite le savoir. Alors je ne sais pas si tu as déjà passé une IRM, mais, pour en avoir eu ma dose, je ne suis vraiment pas pressée d'y aller. Je passe déjà des journées entières dans le brouhaha des enfants qui crient, mais, là, le bruit est terrible. Ils ont beau me donner de la musique dans les oreilles pour « apaiser » le bruit, honnêtement, ça ne marche pas des masses.

Ça y est, ma tête comme une pastèque, je peux enfin te donner les résultats. La masse est bel et bien toujours là, mais elle paraît diminuer. C'est plutôt une bonne nouvelle. Mais quelque chose ne me paraît pas juste. Il n'y aura pas besoin d'effectuer d'autres examens. Je suis un peu sceptique. J'explique au médecin que le traitement m'a été délivré il y a un peu plus de deux mois. Que j'ai dû même en prendre deux différents, car le premier ne fonctionnait pas. Et que, plus de deux mois après, nous constatons une légère diminution seulement ? Qui peut me certifier qu'elle va totalement se désagréger ? Personne n'a été capable de me dire d'où provenait cette masse et qu'elle en était sa consistance. Par contre, maintenant, on peut me dire que ça ne risque plus rien… Je m'excuse, mais j'avoue avoir un peu de mal à faire confiance à leur diagnostic.

(Je me permets de rajouter quelque chose, nous sommes en 2022, et la douleur est toujours présente, mais on continue de me dire qu'il n'y a rien. Un échographiste m'a même presque dit que c'était dans ma tête. Alors, maintenant, c'est à la médecine que j'ai du mal à faire confiance.)

Chapitre 17 _ Le monde invisible.

Je suis allée à « Mon petit moi m'a dit » ce matin, j'avais besoin d'y déposer quelques mots, me vider un peu le corps de ces nombreux maux qui m'empêchent de vivre la vie que j'aimerais.

Tout aurait été plus simple s'il n'était pas parti. Mais ce qui rend la vie si palpitante c'est ça, non ? À un moment tout s'arrête sans savoir quand ni comment. L'injustice d'une part et puis, finalement, la justice de l'autre. Chaque chose retourne à sa place et c'est dans l'ordre des choses... Tu te souviens de ce que je te disais dans les premières pages ? L'Amour est le plus beau sentiment au monde, mais il est celui qui fait le plus de mal. Ce ne serait pas vivable de penser qu'à chaque fois qu'on rencontre quelqu'un on puisse le perdre. Ça arrive pourtant chaque seconde aux milliards de personnes qui, comme toi et moi, peuplent la planète. Un claquement de doigts suffit à t'enlever ce que tu as de plus précieux. Mais ce qui le rend si précieux, ne serait-ce pas l'Amour ? Tu la ressens, la boucle ? Le cheminement infini qui nous entraîne tous dans sa course ? Voilà pourquoi j'y remets chaque fois la patte.

Lorsque je suis arrivée, j'ai été tout de suite surprise par le nombre de personnes qui étaient là. C'est bien la première fois que je vois plus d'une personne ici. Mais ce qui m'a, je pense, le plus étonnée, c'est ce silence gênant qui, je dois bien l'avouer, m'a énormément déstabilisée. Chacun seul à une table, aux pieds de ces grands miroirs surplombant la salle tels des monstres géants, des maîtres que l'on écoute. La scène est perturbante, car trop calme et surréaliste. J'ai tellement passé de temps ici, seule, que de partager cet endroit, que je m'étais finalement un peu accaparé, a été compliqué au départ. Alors, comme ça, il y a d'autres personnes qui connaissent mon secret ? Des hommes et des femmes qui, comme moi, se sont attachés à cet endroit et l'affectionnent autant que moi ? Ils étaient où depuis tout ce temps ? Ça me dérange un peu au fond. C'est drôle, d'un coup, je me sens comme violée dans mon intimité... c'est difficile à expliquer. Je me suis livrée ici, j'ai passé du temps que ce soit à pleurer, à avoir peur, à sourire ou que sais-je, une dizaine d'émotions ont imprégné les murs de cet endroit. J'ai déversé toute ma rage, mes blessures, mes manques dans le reflet de ma tristesse que me renvoyaient inlassablement les miroirs. Je me sentais privilégiée. C'était mon secret. Et voilà que, à cet instant, je me retrouve au milieu d'une dizaine de personnes, chacune assise seule à une table en train de me tourner le dos. Je n'ose même pas dire bonjour de peur de déranger, aussi par agacement je l'avoue. J'ai envie de partir, car je ne peux pas déverser mes mots comme je l'aurais voulu, je sais d'avance que si j'ai besoin de pleurer, ma pudeur m'en empêchera et puis, quand bien même, comment Papa peut-il venir me voir si je ne suis pas seule ?

Je me retourne, prête à partir, déçue. La porte s'ouvre, quelqu'un entre à son tour. Je lève les yeux et voilà que je me retrouve plantée devant Tom qui me sourit. Sur le coup, je suis non seulement surprise mais surtout rassurée de voir un visage familier dans ce lieu qui me paraissait tout à coup étranger. Je n'ai pas le temps de réagir qu'il entame la discussion.

« Alors ça y est, tu les vois ? me dit-il d'un air ravi.

— Comment ça, ça y est ? lui demandé-je.

— Viens, on va s'asseoir, je crois que ta table t'attend. »

Je le suis, la boule au ventre.

« Installe-toi, je vais me chercher une chaise. »

Alors je m'assieds, à ce que j'ai effectivement moi-même appelé à plusieurs reprises « ma table », je ne peux m'empêcher de regarder ce grand miroir devant moi, qui, après avoir reflété tant de tristesse et d'interrogations, me laisse perplexe une fois de plus.

Tom revient avec une chaise et s'installe à côté de moi.

« Qu'est-ce qu'on est petits à côté de ces énormes miroirs, tu ne trouves pas ? me demande-t-il.

— Toi aussi, tu as passé du temps à te contempler dedans, n'est-ce pas ? lui demandé-je.

— Oh oui... de nombreuses heures, me répond-il l'air soulagé.

— Tu peux m'expliquer maintenant ?

— Te rappelles-tu la première fois où tu es venue ici ?

— Comment l'oublier... lui réponds-je.

— Ce que je veux dire c'est : est-ce que tu te souviens de ton état d'esprit à ce moment-là ?

— Vaguement... Au fond du seau comme on dit.

— Ton seau était profond, tu crois ?

— J'imagine oui... J'ai mis du temps avant de trouver le fond, lui dis-je.

— Et, quand tu l'as trouvé, qu'as-tu fait ?

— Je suis arrivée ici.

— Est-ce qu'il y avait du monde ici ?

— Ben... Avant de rentrer, je le croyais, puis, une fois dedans, il n'y avait plus personne, lui réponds-je.

— Comment te sens-tu aujourd'hui ?

— J'avais envie de venir ici, alors je ne sais pas trop, lui dis-je.

— Alors, comparé à la première fois où tu es venue, comment te sens-tu ?

— J'ai fait beaucoup de chemin depuis, je vais forcément mieux maintenant.

— Est-ce que tu es toute seule ici aujourd'hui ? » me demande-t-il.

Je trouve sa question tellement naze que je lui ris au nez.

« Je te pose une question, me dit-il très sérieusement.

— Tu ne vois pas ? lui demandé-je.

— C'est à toi que je pose la question, me reprend-il.

— Oui, il y a du monde, même un peu trop à mon goût si tu veux tout savoir.

— Il y en avait tout autant la première fois que tu es venue, me dit-il.

— N'importe quoi, j'étais toute seule, je suis la mieux placée pour le savoir. Je sais bien que je n'étais pas dans mon assiette mais au point de faire abstraction de 10 personnes, faut pas exagérer quand même, lui réponds-je agacée.

— Comment expliques-tu que tu voyais des gens dedans quand tu étais dehors ?

— Je n'en sais rien, peut-être l'hallucination avec la buée et la condensation, lui rétorqué-je.

— Si tu arrêtais d'être sur la défensive pour une fois ? »

Son regard est trop sérieux pour moi.

« Tu as qu'à être plus clair et plus direct aussi, tu m'emmerdes avec tes questions ! »

Ça y est, il m'a gonflée.

« Ce n'est pas pour t'énerver que je te demande tout ça, c'est important que tu comprennes de toi-même où tu es et pourquoi tu es là.

— Tout ça me dépasse complètement depuis le début ; même si j'ai toujours trouvé ça dingue, j'ai continué de venir, parce que ça m'a fait du bien, c'est tout ! »

Il ne trouve pas ça suffisant ?

« C'est exact. Tu es là, parce que ça te fait du bien. Maintenant, sais-tu pourquoi tous ces gens sont là aussi ?

— Il faut croire que ça leur fait du bien aussi, même si je ne comprends toujours pas ce qu'ils foutent tous là aujourd'hui, lui réponds-je d'un air un peu arrogant, je dois l'avouer.

— Tout à fait. Ils avaient, comme toi, rendez-vous ici.

— Je n'ai jamais eu de rendez-vous pour venir.

— La vie t'a donné rendez-vous, le jour où ton petit Toi t'a dit d'aller prendre l'air. Tout était prévu, tu aurais pu prendre n'importe quel chemin, en fin de compte, tu aurais, quoi qu'il en soit, atterri ici.

— Tu veux dire que je n'ai pas eu le choix ? Pourtant, c'est bien moi qui ai choisi où aller ce jour-là, qui ai décidé de si je voulais entrer ou non. Je ne comprends pas ce que tu me dis.

— Est-ce que tu as fait demi-tour ? me demande-t-il.

— Non, mais j'aurais pu si j'en avais eu envie, lui réponds-je avec ma fierté à 2 francs.

— Tu n'auras pas la réponse, car tu as pris la décision, ce jour-là, d'entrer, tu as même pris celle de revenir. Sais-tu au moins ce qu'est cet endroit ?

— Absolument pas ! lui réponds-je un peu vexée de lui donner raison.

— Cet endroit existe depuis très longtemps maintenant, il n'est vu que par ceux qui en ont besoin et par ceux qui ont déjà dû y passer, comme moi par exemple. Il attend que les âmes en peine soient prêtes à le voir, puis, une fois qu'elles sont là, il les accueille et leur offre la place dont elles ont besoin, pour le temps dont elles ont besoin. Cette place, tu l'as reçue également, tu as « ta table » et tu le sais. Jamais personne n'a été assis à celle-ci, et tu sais pourquoi ? Parce que chacun a sa place et, tout comme toi, personne ne va sur une autre table que sur celle qu'il a choisie.

— Attends, tu veux dire que cet endroit savait que je viendrais et m'attendait ?

— Exactement. »

Je laisse un blanc de bien cinq minutes, le temps d'ingérer l'information. Puis je repense au rêve de ma Maman, celui où Papa lui dit qu'il m'attend là-bas.

Il reprend.

« Toutes ces personnes que tu vois aujourd'hui sont, elles aussi, présentes depuis la première fois que tu es venue ici. Rappelle-toi comme tu as pu te sentir seule et dépassée le jour où tu es arrivée. Tu les as vues derrière la vitrine, quand tu es venue boire ton café la première fois. C'étaient elles, pour la plupart. »

Je l'interromps.

« Comment peux-tu expliquer que je n'ai jamais vu ces personnes avant ? lui demandé-je.

— Regarde-les bien », me dit-il.

Je lève la tête autour de moi et commence à observer les individus dans la salle. Puis je me rends compte que, en effet, il y a bien quelques visages qui ne me sont pas inconnus.

« Oui, bon, il y a peut-être certaines personnes que j'ai déjà aperçues, une ou deux fois ici, mais pas plus et pas à chaque fois. »

Notamment la vieille dame d'à côté qui a l'air toujours aussi impolie que la dernière fois où je l'ai vue. Et ce vieux Monsieur aussi, oui !

« Quand as-tu commencé à les voir ?

— Je n'en sais rien, il y a quelques semaines peut-être, lui réponds-je.

— Depuis combien de temps vas-tu mieux ?

— Quelques semaines aussi.

— Est-ce que tu comprends ? demande-t-il.

— Tu veux dire qu'ils viennent m'aider ?

— Ouh là non, certainement pas ! Ils ont déjà assez de soucis à régler, les pauvres. Je vois que tu ne comprends pas, alors je vais t'expliquer.

Quand tu es arrivée ici, tu étais comme tu as dit « au fond du seau », comme toutes les personnes ici présentes. Tu te sentais terriblement seule, comme elles. Tu étais tellement triste que tu t'es placée dans une petite bulle de chagrin. Lorsque l'on est dans le chagrin, on ne voit plus ce qui nous entoure. Chacun dans sa tristesse, on vit en pensant être seul et puis, autant se le dire, les bobos des autres, on s'en moque. Notre bobo est bien plus gros. Je ne sais pas dire si c'est de l'égoïsme mais, en tout cas, c'est humain. Nous le faisons tous et tu n'as pas dérogé à la règle. Tant qu'on n'a pas sorti la tête de l'eau, la solitude nous garde et nos yeux sont fermés. Puis arrive le jour où on avance, la tristesse ne pèse plus autant son poids et il nous arrive même de nous sentir bien. Plus les semaines passent et plus on reprend notre souffle, on va de mieux en mieux et on ouvre les yeux. Puis, ces personnes qui ne vivaient pas ta douleur à toi, ton histoire à toi, ton deuil à toi, mais qui pourtant étaient là depuis le début, juste aux tables d'à côté, ces mêmes personnes qui ne te voyaient pas parce qu'elles vivaient leur tristesse à elles, leurs épreuves à elles, leur histoire à elles, toutes ensemble pourtant dans la même pièce, les yeux rivés sur leur propre expérience. Tu as fini par les voir. D'abord, petit à petit, puis de plus en plus jusqu'à aujourd'hui. Parce que tu as sorti la tête de l'eau. Certaines t'ont vue avant que tu ne les remarques, parce que, à leur tour, elles allaient mieux.

— Je n'arrive pas à comprendre comment j'ai pu autant fermer les yeux... lui réponds-je ébahie.

— Ne t'en fais pas, je pense que toutes les personnes qui sont passées là avant toi se sont posé la même question, moi compris. Puis, tu sais, il y a tellement de choses que l'on ne peut expliquer...

— Je me sens égoïste.

— Non, surtout pas ! C'est la pire chose que tu puisses ressentir. Ne te laisse pas prendre dans ce type d'émotion, s'il te plaît. L'être humain est constitué comme ça, on est ici pour apprendre. Le principal, c'est de retenir la leçon. Tu n'as jamais été seule, c'est tout ce que tu dois comprendre.

— Ne m'en veux pas, mais je crois que j'ai envie de rentrer », lui dis-je.

Et je suis rentrée chez moi.

Chapitre 18 _ Évolution.

C'est flou, je ne te le cache pas. Je suis debout, au milieu de mon salon. Je ne sais pas si j'ai envie de m'asseoir, de pleurer, de lire un livre ou encore, que sais-je, de cuisiner. Alors je reste là dans ce silence avec mon vide intérieur. Je ne sais pas si j'attends que quelque chose se passe. Peut-être. Une sonnette qui retentit et une nouvelle vie qui m'accueille. Une explosion, un objet qui se jette d'un bout à l'autre de la pièce. Un appel, un message… Mais, encore une fois, le téléphone me montre à quel point je suis seule.

Alors je reste plantée là, les pieds nus sur ce carrelage trop froid. Les fourmillements dans mes orteils me rappellent, à cet instant, que je suis encore détentrice de ce corps parfois douloureux. J'ai envie de le remercier d'avoir supporté ce poids imposant que mon âme a pris ces derniers temps. Le remercier de nous accueillir, mon petit Moi et mes emmerdes. De m'excuser de lui causer du tort, souvent. De lui dire à quel point j'ai pu le détester de ne pas être capable d'entrer dans les « normes » amorcées par la génération du « perfect body » et de m'excuser aussitôt d'avoir tenté de lui imposer ça. Lui dire à quel point j'ai pu haïr mes poignées d'amour et mon petit gras de ventre. Que je l'ai maudit d'avoir accueilli tous ces grains de beauté qui m'ont obligée à passer nombre d'étés sous un parasol, badigeonnée de crème solaire indice 50, pendant que les autres se faisaient dorer la pilule et montraient fièrement leurs traces de bronzage. J'ai envie de m'excuser de l'avoir tant caché, tant humilié et rabaissé dans mes paroles mais surtout dans mes pensées. Si peu remercié d'être, malgré tout, en bonne santé et de l'avoir détesté lorsqu'il n'allait pas bien.

Je regrette. Je regrette d'avoir voulu entrer dans cette « norme » en pensant qu'il n'était pas assez bien. Qu'il devait plaire aux autres avant de me plaire à moi et d'avoir pensé qu'il ne me plaisait pas parce qu'il n'était pas comme ceux des autres. Je suis si désolée d'avoir posé un regard négatif à son égard quand il s'épuisait, chaque jour, à me tenir en vie. Les yeux des autres m'ont convaincue que je n'étais pas à la hauteur. J'ai été faible, voilà. Comme beaucoup, je me suis laissé influencer par le prototype du corps, soi-disant parfait, et j'en ai payé les conséquences psychologiques. Notre génération. Notre pauvre génération. L'apparence, les muscles, les seins et le bronzage. Une génération qui s'use à chercher la beauté là où elle n'est que temporaire et superficielle. Rares sont ceux qui, au-delà du physique, cherchent la beauté de l'âme et du cœur. Je souhaite transmettre à mes enfants « le remerciement de soi » pour qu'ils puissent briller dans leurs propres yeux. Je remercie mon miroir de refléter un corps en bonne santé. Alors pardon. Pardon mon corps d'avoir cru que tu valais moins qu'un autre. Pardon de t'avoir donné une image si peu valorisante de toi-même. De moi-même. Je me pardonne pour ça. C'est ok.

J'ai envie de pleurer, d'abord de honte, puis je crois que c'est un sentiment de libération qui se manifeste. Je me sens un peu trahie par Tom, moi qui pensais avoir un petit secret rien qu'à moi, finalement je me rends compte que Tom le partageait en secret avec moi. Toutes ces fois où j'ai dû prendre sur moi, où j'ai dépassé de loin mes émotions pour éviter de les communiquer, quand je pense que Tom savait depuis tout ce temps, j'ai l'impression qu'il s'est joué de moi. Je sais, bien sûr, que ce n'est pas le cas, qu'il ne s'est jamais amusé de la situation, mais au fond je ne peux m'empêcher d'y penser et je suis en colère. Tu vois, à l'instant, j'ai l'impression d'être une banane à qui on aurait enlevé la peau et qu'on aurait mise à nu devant tout le monde.

Ma fragilité est mise en évidence, aux yeux de tous, la sensation d'être totalement transparente et que les cellules de mon corps sont visibles, pire encore, que l'on puisse lire à l'intérieur de moi ce que je m'efforce de cacher depuis toujours.

Le sentiment de libération, lui, met du temps à arriver. Il m'apaise. C'est comme si tous les mauvais côtés de la honte devenaient bons. La légèreté apparaît comme un jugement, un coup sur la table, qui te dit « il fallait bien ça pour te libérer ». Les cellules transparentes deviennent même une aubaine. Après tout, les carapaces que je me suis construites ne m'ont jamais servi à vivre correctement, en totale corrélation avec mon petit Moi. Pour une fois, je n'ai rien à cacher. Ma peine est grande, bien qu'adoucie au vu du parcours que j'ai réalisé. Mon caractère est faible sans les armures dont je m'étais équipée. Ma gentillesse est limitante, sans cette trop grosse patience que j'ai longtemps contrôlée par peur de blesser des gens qui, à contrario, ne se gênaient pas. La puissance de mon émotivité prend tout son sens dans la transparence du corps, on peut la voir circuler de haut en bas, de droite à gauche, de parallèle en diagonale, de long en large, c'est fluide et ça remplit toutes les parties du corps tels des fuseaux de lumière en pleine tempête. Un artifice de couleurs qui donne l'allure d'une toile ratée. Toi qui me lis, oui, même toi celui ou celle qui pense me connaître, c'est ici que je te dis que non, tu ne me connais pas. C'est ici aussi que je te dis que je ne te connais finalement pas non plus. Je connais tes carapaces, je connais ce que tu veux me montrer et je prends ce que tu me donnes. Et ça me va. Mais si je te disais toutes ces choses qui passent dans ma tête à certains moments, tu me dirais : « Je la connais, elle ne penserait jamais une telle chose » ... Aïe aïe aïe... Si tu savais ce que je pouvais penser à certains moments, si je savais ce que tu pouvais penser à certains moments... Nous serions libres d'être nous-mêmes et ça ferait du bien. Alors je te le dis, des fois j'ai des idées très noires qui passent dans ma tête, parfois elles sont belles, excitantes, presque interdites. À des moments, je vais penser à l'intérieur de moi que je n'en ai rien à foutre de ce que tu me dis et je vais te regarder en hochant la tête pour te montrer de l'intérêt en me disant : « Intéresse-toi, ce n'est pas gentil ce que tu fais ». À d'autres moments, j'ai des envies de créer ma propre disparition pour savoir qui sera triste. Et puis je me dis : « Ne fais jamais ça, ce n'est pas bien ». Il y a même des moments où j'ai envie de me pointer chez toi, toi ou toi, et de te balancer tout ce dont j'ai envie que ce soit bon ou mauvais suivant ce que tu as fait ou non et puis je me dis : « non, il ne faut pas faire ça, tu passeras pour une folle ». Voilà le problème. Aux yeux des autres, si tu fais ça, imagine... Et les yeux des autres sont « tellement importants » que, pour moi et je suis sûre pour toi aussi, les actes sont manqués, les « non-dits » entassés et la frustration ancrée. JUSTE parce que nous vivons dans une société où si tu l'ouvres trop, tu vexes et si tu ne l'ouvres pas assez, tu n'existes pas. Alors on est tous là comme des cons à essayer d'être dans la « limite » à ne pas dépasser pour ne pas blesser ou pour rester dans le *game*. « La vie en société », quel cadeau magnifique de fausses paroles, d'hypocrisie et de compétition. J'aimerais te connaître, te connaître vraiment, apprendre de toi ce que tu caches au monde entier. Tes peurs, tes craintes, tes envies même les plus folles, tes pensées qui doivent être dites même si elles ne plaisent pas. Je veux savoir si, toi aussi, tu ressens la retenue de tes paroles chaque jour, si ça te frustre autant que moi, si tu as envie de casser des têtes, de dire « MERDE » parfois. P.R.O.M.I.S, je ne te jugerai pas, et je te dévoilerai en retour mon vrai MOI, celui que personne d'autre que moi ne connaît. Tu es prêt ?

Lettre à mon enfance.

Chère moi petite,

J'aimerais te rassurer sur ce que tu vas vivre. Te dire que tu vas passer par beaucoup d'étapes et tu en sortiras grandie. Tu vas te sentir seule, souvent. Aimée, beaucoup, faible aussi, mais tu comprendras à quel point tu es finalement forte. J'aimerais t'enlever cette peur de la mort que tu ne cesses d'imager par ce fameux « néant » qui te donne ces crises d'angoisse la nuit et ces vertiges. Te dire que la mort ce n'est pas ça, que plus tard tu comprendras. Que tu vas vivre des expériences fantastiques et que ça changera ta perception de celle-ci. T'enlever cette peur permanente de perdre les gens que tu aimes et te dire que oui ils vont disparaître, que oui tu vas vivre des moments durs mais que ton cœur est assez grand pour les laisser y vivre malgré tout. Que tu as encore 25 ans devant toi pour profiter de ton Papa et qu'il faut absolument que tu n'en loupes pas une miette. Que tu comprennes que la vie est une suite d'expériences, bonnes ou mauvaises, mais que, au-delà de ça, elles sont toutes importantes pour ton évolution personnelle. J'aimerais que tu saches à quel point tu vas être entourée par des personnes magnifiques en qui tu pourras donner toute ta confiance, que d'autres te décevront, mais que tu seras assez conciliante pour les pardonner. Que ta meilleure amie est toujours là 29 ans après et que tu as raison de penser que votre amitié est sincère. Que tu vas tomber follement amoureuse et que tu vas en souffrir tout autant, mais que ce n'est pas grave, parce que tu auras aimé pour de vrai. J'aimerais te donner mes mille raisons de croire en ton avenir, mais je sais que tu sauras les trouver par toi-même.

Enfin, j'aimerais te dire que tu as tout en toi pour créer la vie que tu veux, et qu'il ne faut jamais douter de ça. La vie se charge de mettre et remettre chaque chose à la place qui l'attend. Alors aie confiance en elle.

P.S : Il n'y a jamais de fin.

J'arrête avec la prise de recul. C'est décidé, je me sens forte maintenant et je sens que rien ne peut m'empêcher d'avancer. Pas même la peur de tirer un trait sur le passé.

Je m'équipe de toute la force nécessaire à cet instant et je vais à « Mon petit moi m'a dit ».

La pièce est remplie d'âmes en peine, cherchant les réponses aux questions qu'elles se posent. Des femmes, des hommes, qui se sentent seuls mais qui, comme moi, ne le sont pas. Des individus qui me touchent, qui reflètent ce que j'ai pu ressentir tant de fois ici, qui m'inondent d'émotions et en qui je place ma confiance en leur force de s'en sortir, d'évoluer, d'aimer assez la vie pour la vivre pleinement et laisser, ici, le fardeau qui leur pèse. Ma compassion est grande à ce moment même.

Je m'installe, et j'essaie de faire abstraction de toutes ces personnes. Pour la plupart, elles ne me voient pas, et celles qui, comme moi, commencent à comprendre, font l'effort, pour leur avancée personnelle, de venir et d'imaginer qu'elles sont encore seules pour finir le travail. Alors, je sais que j'en suis moi aussi capable. Je ferme les yeux et, comme dans mes méditations, je travaille ma respiration, je prends de grandes bouffées d'air et j'expire tout aussi longtemps. Ça aide à se recentrer, se canaliser.

Ensuite, je ferme mes yeux et repose ma tête dans mes bras afin de me détendre au maximum, et me cacher des autres.

Je me sens bien, je n'ai plus envie d'ouvrir les yeux, c'est comme si le sommeil m'aspirait et que je ne pouvais pas lutter. Alors je le laisse m'engouffrer complètement.

Lorsque j'ouvre enfin les yeux, il se passe quelque chose de très étrange. Mon regard tombe sur un plafond avec des néons éteints. Tout a l'air si calme. Je me sens légère comme si mon corps ne me portait plus. Je n'entends rien, n'ai aucune sensation désagréable. Au contraire, c'est plutôt comme si j'avais enfin réussi à lâcher prise. Je bouge ma tête afin de me familiariser avec l'environnement dans lequel je suis, les mouvements sont limpides tant mon corps paraît léger, je ne me sens pas bouger. Je découvre un bureau en face de moi, j'ai du mal à distinguer ce qu'il y a dessus, on dirait des documents, un objet qui ressemble à une boîte de mouchoirs, et au-dessus, accroché au mur, je découvre un écran de télévision. Il y a un renfoncement au fond à droite avec ce que j'imagine être une porte. Je sens une odeur de jasmin m'enivrer, j'adore cette odeur. Un bouquet est déposé sur ce qui ressemble à une table de nuit près du lit sur lequel je suis allongée. C'est flou, je n'arrive pas à comprendre comment je suis arrivée ici. Le soleil chauffe mon bras gauche, je ne l'ai jamais vu aussi étincelant qu'aujourd'hui. La plénitude totale.

Un petit bruit de poignée retient mon attention, tout doucement la porte du fond balaie le sol. Une, deux, trois, puis quatre silhouettes entrent en silence dans la pièce. Le soleil tape fort, j'ai du mal à voir leur visage. Je les vois s'approcher lentement, j'arrive à ressentir les battements de leur cœur. Ils battent vite et me font mal dans le corps.

J'arrive à distinguer le premier visage, ma surprise est grande quand je découvre mon grand frère, il arrive sur ma gauche, les bras ballants. Derrière lui, avançant d'un pas très incertain, presque forcé, mon petit frère, du haut de ses 15 ans, a la tête baissée. Puis, à côté, je reconnais ma sœur, son aura est grise, elle a l'air si démunie. Je sens la peine, l'effondrement s'abattre sur eux.

« Pourquoi vous faites cette tête ? Qu'est-ce qui se passe ? » leur demandé-je.

Mais personne ne me répond.

Je distingue une larme, puis deux, puis une marée entière sortir des yeux de ma sœur et retomber sur le drap sous lequel je me trouve.

Je me lève vite et la prends dans mes bras, je lui dis que ça va aller qu'il faut qu'elle reprenne son souffle pour m'expliquer. Mais elle ne me dit rien.

Chacun dans une tristesse profonde que je ne saurais expliquer, silencieux et immobile. Ça me fait froid dans le dos.

Et puis, dans l'ombre du soleil, au fond de la pièce, je vois s'approcher la quatrième silhouette. Avec tout ça, j'avais omis qu'une quatrième personne était entrée dans la chambre.

Elle arrive tellement lentement que j'ai du mal à la reconnaître. Je l'encourage comme je peux à venir vers moi, je lui souris mais elle a l'air hésitante.

Alors je décide d'aller à sa rencontre, en m'approchant, moi aussi, tout doucement afin de ne pas la brusquer. Je lui souris encore pour qu'elle s'apaise, mais, au moment où je découvre son visage, je me retrouve aspirée en arrière dans le lit. Je ne peux pas croire ce qui est en train de se passer.

C'est moi. C'est moi, la quatrième personne !

Chapitre 19 _ Libération.

T'es-tu déjà demandé ce que ça faisait d'être hors de ton corps physique ?

J'ai toujours été fascinée par ces personnes qui disent être revenues de « l'au-delà ». Ces individus qui ont vécu ce que l'on appelle désormais des EMI : Expériences de Mort Imminente. En as-tu déjà entendu parler ?

J'ai très souvent étudié ce phénomène, regardé des dizaines et des dizaines de témoignages tout aussi exceptionnels, qui regroupent des centaines et des milliers de personnes. Une sortie astrale, hors du temps. Un arrêt du cœur, du corps physique mais une continuité de vie, de conscience. C'est un sujet qui mérite d'apparaître dans ce livre.

Les personnes ayant vécu ces expériences nous font part de ce qu'elles ont vu et ressenti. Bien qu'elles aient beaucoup de mal à mettre des mots tant ce qu'elles ont vécu est innommable, elles arrivent à exprimer ce bien-être presque indescriptible qui les a accompagnées durant ce « voyage ». Une sortie du corps, qu'on nomme « décorporation », qui se traduit par le fait de « flotter » dans l'air au-dessus de son corps physique. « Plénitude » est l'adjectif le plus souvent employé par ces personnes. Une harmonie, une légèreté, un bonheur tellement intense qu'il leur est difficile de trouver des mots qui s'y rattachent. Il paraît que les couleurs elles-mêmes n'existent pas sur Terre.

Cela paraît fou, n'est-ce pas ? Il n'y a pas si longtemps que ça, si les individus ayant vécu une EMI osaient en parler, ils étaient envoyés en asile psychiatrique, parce que la science ne pouvait pas accepter une pensée différente de la pensée unique. Heureusement, comme tout évolue, on peut maintenant imaginer que cela soit réel. Mieux encore, maintenant on étudie de plus près ces expériences. C'est important d'ouvrir le champ des possibles. Après tout, qui peut affirmer que ça n'existe pas ? Je n'affirme pas non plus que ça existe... Mais j'émets l'idée pour que celle-ci puisse germer.

Quand j'ouvre les yeux dans ce lit, que je regarde le plafond, je me sens si apaisée, si calme, si vivante. Le poids de mon corps ne me fait pas mal, j'ai l'impression d'être sortie d'un jean trop longtemps serré. C'est presque comme si j'étais du coton, sans matière, pas palpable mais pourtant bien vivante. Je suis heureuse, comme libérée d'émotions, de maux et de pensées. J'observe, je divague.

Et puis, il y a ce moment où mes frères et sœur arrivent, ils portent le poids du monde sur leurs épaules et ça se voit. J'ai mal pour eux.

C'est un moi tellement triste que je vois arriver vers un moi si apaisé. Il faut que je la fasse sourire, que je lui donne de mon énergie pour qu'elle aille mieux. Pour qu'ils aillent mieux.

C'est compliqué à t'expliquer ce que je ressens en ce moment même. Je ne comprends pas ce qui m'arrive, ce qui leur arrive. Je sais que j'étais à « Mon petit moi m'a dit » et donc je ne me laisse pas submerger par l'émotion, car je sais aussi que c'est une épreuve que je dois surmonter. Il ne va rien m'arriver, je dois juste laisser faire et tenter de comprendre.

Alors, je vais essayer de les apaiser avec mes mots.

« Je suis là, ne vous en faites pas, tout va bien », leur dis-je.

Mais je n'obtiens encore aucune réponse.

Je me relève et me dirige vers moi-même, je me regarde pleurer, mais c'est comme si je n'étais pas là, comme si on ne me voyait pas. Je parle, je fais de grands gestes, je danse même pour essayer de les faire rire. À cet instant, la seule chose qui me préoccupe, c'est de les faire rire. Je veux qu'ils soient heureux, je veux qu'ils chantent, qu'ils rient, qu'ils fêtent la vie comme je la danse ! Mais rien n'y fait.

Alors je me retourne, prête à retourner m'allonger, me rendormir pour revenir à la table à laquelle je me trouvais avant d'atterrir ici. Mais, au moment où je me retrouve face à ce lit, une impression de déjà vu s'immisce en moi et me provoque des douleurs dans la poitrine, comme des coups de fouet électrique que je ne peux empêcher. Une sueur m'envahit et je sens mon être tout entier se décomposer, se liquéfier, se désincorporer. Je comprends tout.

Ce n'est pas moi dans ce lit. Ce n'était pas moi non plus qui parlais, qui dansais, qui riais, qui me sentais aussi libre. Ces souvenirs-là n'étaient pas les miens. C'est tellement dingue ce qui m'arrive. Ces choses-là, c'était lui, c'est ce que mon Papa a vécu ! C'était lui qui était allongé sur ce lit d'hôpital. Toutes ces sensations, c'est lui qui les a vécues. Quant à moi, j'étais bien là, en train de pleurer des trombes d'eau à la vue de son corps sans vie.

Moi, j'ai vu cet homme si fort être abattu par une saloperie de bestiole qui lui a bouffé le foie et les autres organes.

« Ce n'est pas la petite bête qui va me manger », disait-il.

Mais il n'y en avait pas qu'une. À plusieurs elles étaient plus fortes, ce n'était pas un combat des plus justes. Il l'avait affronté tout seul et était mort tout seul. Voilà ce que je voyais. Le plus costaud des Papas endormi à jamais devant les yeux de ses enfants. C'était la perte de l'être aimé, le choc, le deuil qui pointait le bois de son cercueil et qui nous disait « vous allez en chier ». C'était le noir, la douleur, le manque déjà marqué. C'était tout ce brouhaha de négation qui nous tombait dessus. Un monde entier qui s'effondrait et nous dessous à attendre que le mal passe. L'image même des enfants assis au chevet d'un Papa sans vie est terrifiante. C'est si dur, si affligeant, si douloureux. Quelque chose que l'on ne peut imaginer avant de le vivre. De comprendre que c'est réel, que ce qui se passe n'est pas un cauchemar dont on va émerger. « D'accepter » que ce qui arrive est terrible mais QUE C'EST VRAI. Voilà. C'est VRAI et ça n'a jamais été plus vrai qu'à ce moment précis. La mort existe vraiment. Ce n'est plus juste un mot. Ce n'est plus juste une pensée terrible qui nous fait peur, mais qu'on oublie pourtant au quotidien. C'est présent, c'est lourd et c'est flippant. C'est comme si, malgré toutes les preuves qui s'étalent, les affaires personnelles qu'on te remet dans des petites pochettes plastiques, des mots, des phrases, des papiers à signer et le corps sans vie de l'être aimé, il en fallait encore plus pendant quelques jours pour comprendre ce qui arrive. Pour donner le signal à son être que « oui, c'est vrai. » Tout est fini. Pas de retour en arrière possible. La machine est lancée, cassée, détruite. Je pense que c'est cela le plus dur en fin de compte. Comprendre que c'est fini pour de bon. Jusqu'à la fin de ta vie à toi. Et que OUI, toi aussi, un jour tu connaîtras une fin.

Mais voilà, c'est en me trouvant à sa place que tout m'a paru différent. Durant ce petit temps qui m'a permis, je l'ai compris, de vivre sa mort de son point de vue à lui, j'ai pu sentir la libération, le bien-être profond, la plénitude, la sérénité. Il n'y avait pas de peur, pas de tristesse, juste de la compassion pour nous. Enfin il allait bien, il pouvait souffler, enfin il souriait pour de vrai. Au moment où le ciel nous tombait sur la tête, lui nageait dedans. Quand c'était la fin du monde pour nous, c'était le début d'une nouvelle vie pour lui. Une vie où il ne souffrait plus. Te rends-tu compte de ce que cela signifie ? La fin n'était pas réelle.

J'ouvre mes yeux pleins de larmes qui n'ont pas encore coulé, en levant la tête, je les sens glisser le long de mes joues chaudes. Je regarde le miroir devant moi et il est là, debout derrière moi, souriant. Je le vois se rapprocher lentement de moi, qui reste là, figée, à la vue de sa personne. J'ai peur, j'avoue. Ce ne sont pas des sensations, pas des odeurs, pas des paroles. Cette fois, c'est lui, son corps avec tous ses traits humains qui me regardent. Je n'ose pas me retourner. Mon cœur sonne dans mes oreilles comme un tambour assourdissant. Mon être tout entier se met à trembler, réagissant à chacun de ses pas insonores. Son sourire, sa force, sa bienveillance résonnent dans chacune de mes cellules. Il est beau, fort, tendre dans ses gestes. Je retrouve le Papa que j'avais arrêté de voir depuis si longtemps. Ce Papa dans toute sa forme, son intensité et sa hauteur. Plus il s'approche, plus je sens mon corps se raidir. Je ferme les yeux, tremblante comme une feuille, j'ai peur qu'il disparaisse à nouveau.

Alors, je prends une grande inspiration et, en gardant toujours mes yeux fermés, je lui dis :

« C'est vraiment toi, Papa ? »

Un long silence se passe.

Tellement long que j'ai maintenant peur d'ouvrir les yeux et de découvrir qu'il n'est plus là.

Je prends une fois de plus sur moi et me donne la force nécessaire pour ouvrir à nouveau les yeux.

« Oui, ma puce. »

Je le vois me sourire de plus belle. J'ai envie de me retourner, mais je n'y arrive pas, c'est trop dur pour moi.

« Papa, je...

— Je suis fière de toi ma puce », reprend-il.

Mes larmes coulent, roulent et me noient de l'intérieur. Ça fait tellement de bien de l'entendre me dire cela.

« Je suis resté à tes côtés chaque jour, mais je crois que, maintenant, je vais pouvoir partir ma fille. »

Ses paroles m'inondent de chagrin, de joie et de détresse à la fois.

« N'aie pas peur, je ne serai jamais loin de toi. »

Je hoche la tête en guise d'acceptation. Je lui souris.

« Tu as été forte, tu sais. Je t'ai vue chaque jour évoluer, te battre contre ton chagrin, mais tu es restée debout et tu as avancé. Tu es bien la fille de ton père. »

— Merci Papa…

— Tu n'as plus de craintes à avoir, le passé est derrière. Avance, regarde comme je vais bien maintenant. Sois heureuse. Je t'aime. »

Ces paroles me donnent la sensation d'un départ proche, je sens qu'il va partir, alors, avant que cela n'arrive, je me retourne en sautant de ma chaise pour le rejoindre. Mais c'est trop tard, il n'est déjà plus là.

Je sens de l'air froid qui m'enroule tout le corps. Je ferme les yeux et l'imagine me câliner. Ça fait tellement de bien.

Je me retourne face au miroir qui ne reflète désormais que mon image. La chaise me tend la main pour me reposer et reprendre mes esprits. Je m'installe. Mes mains tiennent ma tête toute retournée par ce qui vient de se passer. Je sais que c'est beau. Je sais que ma vie prend un tout nouveau tournant à partir de maintenant. Je sais que je vais avancer d'un très grand pas lorsque je sortirai d'ici. Tout va être désormais différent. C'est ce que j'attendais au fond de moi, un petit feu bouillonnait, une envie de changement, d'une bonne claque pour me réveiller du coma dans lequel j'errais. C'est chouette, magnifique, incroyable, mais je sais également que tout cela me manquera.

« Tout est une question d'intérieur et d'extérieur. D'entrée et de sortie. De vision interne et externe. De pile ou de face. »

Je lève la tête, Tom est assis en face.

« Que veux-tu dire par-là ?

— La vie entière n'est faite que de positionnements. Il suffit de comprendre de quel côté tu veux vivre ta vie. Ton existence entière est un point de vue. Si tu veux avancer, évoluer, il faut être conscient de la magie dont tu disposes, il faut vouloir apprendre, comprendre, voir au-delà de ce qui est palpable. Aller à l'intérieur pour vivre l'expérience. Si tu décides de rester à l'extérieur de tout cela, alors tu n'apprendras rien.

— Ok... Je crois que je comprends ce principe. À l'extérieur de « Mon petit moi m'a dit », les premières fois que je suis venue, je voyais toutes ces personnes à l'intérieur, je n'étais pas suffisamment consciente de mes besoins, de ma position à ce moment-là. Il m'a fallu entrer pour ne plus voir personne et être seule face à mon problème afin d'avancer dans mon cheminement personnel, c'est ça ? lui demandé-je.

— Tout à fait, me dit-il.

— Et puis, aujourd'hui, je le comprends d'autant plus. J'ai été lui, Tom. J'ai vécu son côté à lui, son positionnement, sa mort. J'étais à l'intérieur de sa conscience. J'ai tout vu, Tom. J'ai passé mon temps à l'extérieur de tout cela durant 3 ans... J'étais dans l'ego. Je l'ai compris. Tout cela n'est qu'une histoire d'ego finalement. Comme tu l'as dit, chacun vit sa tristesse et en oublie le principal : les autres. Ceux qui sont là, près de nous, vivants et qui ne demandent qu'à ce qu'on les voie. Et, même si je me suis rendu compte de la chance de les avoir près de moi tout ce temps, je ne me suis jamais souciée de leur désarroi à eux de me voir descendre si bas. J'ai pensé à mon malheur et je l'ai fait subir aux autres. Mon ego, à ce moment, a pris toute la place. Personne ne pouvait ressentir ce que je vivais. C'est ce que je croyais du moins, lui dis-je, déçue de ma propre incompétence à analyser une situation trop tard.

— Tu sais, s'il y a bien quelque chose à comprendre, ce n'est pas de croire que tu as mal fait. Mais de pouvoir agrandir ton champ de vision pour vivre mieux cette expérience et, bien sûr, toutes celles qui arriveront dans ta vie. Ce n'est pas grave d'avoir vécu pleinement dans l'ego. C'est humain. On ne peut pas apprendre une leçon si elle n'est pas complète. Il te manquait cette partie et ton Papa l'avait bien compris. Il t'a conduite jusqu'ici dans l'intention de te sortir de ta peine et il a compris que la seule chose qui t'aiderait à passer outre celle-ci, c'est de comprendre que, de son côté, tout va bien. Et tu sais comment on appelle ça ? me demande-t-il.

— L'amour », lui réponds-je.

On se sourit mutuellement. Tom est une si belle personne. Il n'est pas entré dans ma vie par hasard. On le sait. Et c'est ce qui rend notre histoire si particulière à mes yeux.

Nous ressortons d'ici, l'esprit libre. Je laisse derrière moi mon histoire. Je pose mon lourd fardeau sur la chaise de ma table avant de passer la porte. Je lui dis d'abord « au revoir » avec une certaine amertume et puis, au moment de franchir cette porte pour la dernière fois, je me retourne et, délicatement, je souffle du plus profond de mon être un lourd « Adieu » afin de marquer une bonne fois pour toutes la fin de cette histoire. Tout en sachant - ne t'inquiète pas - qu'elle n'en connaîtra jamais.

Message de TPM* :

« Quand tu retourneras sur ton faux balcon avec ta tasse de café miel licorne à la main et ta cigarette, je viendrai te glisser des mots doux à l'oreille cette fois. Bravo à toi, à nous. »

*Ton Petit Moi.

Remerciements

Il est des épreuves qui nous remettent à une place plus juste. Je crois avoir trouvé la mienne.

Je tiens à remercier, de tout mon cœur, celle qui m'a insufflé l'idée d'écrire mon histoire. Qui a donné toute sa confiance à mon récit, à mes écrits, à moi-même. Sans elle, je n'aurais jamais franchi ce pas qui m'a permis de me libérer de la prison dans laquelle je m'étais fermée. Merci à toi, ma meilleure amie de couche-culotte. Merci pour ton travail magnifique, que vous pouvez retrouver en image de couverture. Ce fut une évidence que cette superbe illustration, dessinée de ses propres mains, soit la première chose qui se voit ici. Merci de m'avoir écoutée, d'avoir pleuré avec moi et d'avoir passé autant de temps à suivre chaque nouveau paragraphe de ce livre qui aura mis plus de 5 ans à prendre forme. Tu étais sa « Coco bel œil ».

Merci à ma famille, mes frères et ma sœur qui, tout comme moi, ont affronté cette épreuve et qui ont su, malgré tout, me donner tout l'Amour qu'ils avaient à ce moment-là. Mon beau-père qui m'a soutenue, épaulée et aimée comme un Papa. Ma belle-mère qui m'a aidée à grandir, et qui a vécu cette épreuve douloureuse avec beaucoup de courage. À ma Maman qui joue un rôle si important dans mon épanouissement spirituel. Mon plus bel exemple. Une vraie force de la nature, un vrai puits d'Amour. Merci à mes amis proches pour leurs oreilles attentives, leur détermination pour m'aider à sortir enfin tout ça du placard. Mes copines qui ont été merveilleuses de A à Z et qui m'ont donné de leur temps pour apprivoiser ma vie d'après Papa. Mes chères copines qui ont été plus que présentes pour moi, qui ne m'ont jamais lâchée, qui m'ont apporté un soutien sans faille à n'importe quelle heure du jour et de la nuit. Merci à mon compagnon sans qui mon évolution n'aurait certainement jamais pris ce tournant positif, merci pour la bienveillance dont il a fait preuve malgré toutes les circonstances, pour sa patience et, surtout, merci d'avoir accepté, sans juger, cette part très sombre de moi qui commence enfin à trouver sa lumière. Enfin, je tiens à te remercier Toi, qui as souhaité accorder du temps à mon histoire en tournant chacune des pages de ce livre qui, je l'espère, pourra t'aider soit à l'instant T soit plus tard à ne jamais te sentir seul.

PS : Merci à mon Papa d'être mon Papa. Pour toujours.

Hier, j'ai tout envoyé, ça y est, tout est parti, pour de bon, pour que mon livre prenne enfin VIE.

Hier, j'ai donné le clic de fin à la réalisation de ce livre, en sachant que ce serait le début de quelque chose de beau.

Hier, c'était l'anniversaire de mon Papa. Le hasard du calendrier – de la vie – a voulu que je libère mon joli papillon bleu ce jour-là.

Et puis, aujourd'hui, je suis avec les enfants à l'accueil de loisirs dans lequel je travaille. Nous faisons des bouquets de fleurs en papier. Je trouve qu'il manque un support pour les tenir, alors je cherche une idée en fouillant dans la régie. Je tombe sur un carton rempli de bouchons de liège et je me dis qu'en les collant les uns aux autres, j'arriverai sûrement à créer une sorte de pot de fleurs. Le pistolet à colle en main, je me lance dans mon invention.

Puis, voilà que mes yeux se posent sur les deux bouchons que j'ai collés ensemble.

L'un porte l'année « 2017 », l'autre a carrément une phrase inscrite dessus et pas n'importe laquelle :

« Je ne souffre plus ».

2017 est l'année de décès de mon Papa.

Aujourd'hui, j'ai reçu le message que j'attendais depuis longtemps.

© 2025 Cassandra Mosnier

« Le Code de la propriété intellectuelle et artistique n'autorisant, aux termes des alinéas 2 et 3 de l'article L.122-5, d'une part, que les « copies ou reproductions strictement réservées à l'usage privé du copiste et non destinées à une utilisation collective » et, d'autre part, que les analyses et les courtes citations dans un but d'exemple et d'illustration, « toute représentation ou reproduction intégrale, ou partielle, faite sans le consentement de l'auteur ou de ses ayants droit ou ayants cause, est illicite » (alinéa 1er de l'article L. 122-4). Cette représentation ou reproduction, par quelque procédé que ce soit, constituerait donc une contrefaçon sanctionnée par les articles L. 335-2 et suivants du Code de la propriété intellectuelle. »

Correction, mise en page : Ton livre comme unique

Édition : BoD · Books on Demand, 31 avenue Saint-Rémy, 57600 Forbach, bod@bod.fr

Impression : Libri Plureos GmbH, Friedensallee 273, 22763 Hamburg (Allemagne)

ISBN : 978-2-3225-9497-9

Dépôt légal : juin 2025